GOLDMANN

H0305451

Buch

Wie immer mieteten sie für zwei Monate das grüne Haus an der irischen Küste. So wie jeden Sommer, wenn sein Vater ein Engagement hatte und in einer Tanzband spielte. Doch dieses Jahr war alles anders. Sie war wieder da, zur Frau gereift und ein gutes Stück schamloser als im Sommer davor. Sie ist siebzehn, er vierzehn und völlig fasziniert von ihrem Körper, ihrer Erfahrenheit, ihrem unwiderstehlichen Reiz. Er beobachtet sie mit heimlichem Verlangen und ist hingerissen von ihren abrupten Bewegungen auf dem Tennisplatz, von ihrer sanften Nacktheit am Strand. Er ist wie verwandelt, und nur noch in der Musik findet er Erlösung…

»Night in Tunisia« ist eine von zehn wunderschönen, preisgekrönten Geschichten aus der Feder eines der großen Erzähltalente unserer Zeit: des aus Irland stammenden Neil Jordan. Unvergleichlich dicht und stimmungsvoll gelingt es ihm, Bilder und Gefühle einzufangen und all jene unwiderbringlichen Momente im Leben festzuhalten, in denen sich unser Schicksal entscheidet.

»Ein aufregendes Buch von einem Autor, von dem man nicht genug bekommen kann.« *Washington Post*

Autor

Der Ire Neil Jordan, 45, zählt zu den bedeutendsten Schriftstellern seines Landes. Auch als Regisseur hat er sich weltweites Renommee erworben: 1993 erhielt er für das Drehbuch von »The Crying Game« einen Oscar, sein neuester Film – »Interview mit einem Vampir« – feierte international Erfolge. Neil Jordans Roman *Nocturno* ist als Goldmann-Hardcover (30653) erhältlich.

NEIL JORDAN

Verführung

Stories

Aus dem Englischen von
Hans M. Herzog

GOLDMANN VERLAG

Die englische Originalausgabe erschien unter dem Titel
»Night in Tunisia« bei Vintage, London

Umwelthinweis:
Alle bedruckten Materialien
dieses Taschenbuches sind chlorfrei
und umweltschonend.

Der Goldmann Verlag
ist ein Unternehmen der Verlagsgruppe Bertelsmann

Deutsche Erstausgabe 10/96

Umschlaggestaltung: Design Team München
Umschlagfoto: Jan Saudek 1995/Art Unlimited, Amsterdam
Satz: Uhl + Massopust, Aalen
Druck: Presse-Druck Augsburg
Verlagsnummer: 43172
Lektorat: Martina Klüver
Herstellung: Stefan Hansen
Made in Germany
ISBN 3-442-43172-7

3 5 7 9 10 8 6 4 2

Inhalt

Sterbesakramente

Eines glühendheißen Freitags im Juni überquerte ein junger Bauarbeiter kurz nach fünf Uhr nachmittags eine stählerne Eisenbahnüberführung unweit der Harrow Road. Der Tag war mittlerweile verblaßt und der Himmel ein dunstiger Vorhang, doch in der anhaltenden Hitze lag die Stadt immer noch scharf konturiert und schmerzhaft grell da. Als er auf der Überführung war, fiel dem Arbeiter deren vorschriftsmäßiger grüner Anstrich auf. Er sah einen uralten eingewanderten Schwarzen reglos im Schatten einer roten Backsteinmauer stehen. Gegenüber der Mauer, gleich hinter der Überführung, sah er die viktorianische Fassade des Kensal-Rise-Badehauses. Vielleicht wegen der Hitze, vielleicht auch, weil sie seine Stimmung veränderte, nahm er diese Eindrücke ungewöhnlich klar und deutlich wahr, als hätte er sie in einem Film oder im Traum gesehen, nicht im wirklichen, wachen Leben. Binnen einer Stunde würde er sich das Leben nehmen. Und im Sterben, ein Rasiermesser in der Hand, während sich sein Blut mit dem Duschwasser zur Farbe gepanschten Weines vermischte, würde er in das wie auch immer geartete Vakuum des Jenseits drei Erinnerungen mitnehmen: an eine grüngestrichene Brücke, an einen alten, gebückten, im Schatten stehenden Schwarzen und an die glatt geflieste Wand einer Kabine in den ehemaligen Waschhäusern des Kensal Rise Renten- und Arbeitervereins, dem heutigen Kensal-Rise-Badehaus.

Das außergewöhnliche Gefühl gespannter Erwartung, das den Arbeiter jetzt ergriff, war ihm schon seit langem vertraut. Und unerklärlich. Nie kam er ganz dahinter. Er wußte, daß er etwas erwartete, während er sich dem Badehaus näherte. Er wußte, es war nicht nur angenehm. Es war mehr und zugleich weniger als das; ein Gefühl umwerfender persönlicher Bestätigung, der Enthüllung, des heimlichen, solipsistischen Sieges. Worüber, fragte er sich nie. Doch er wußte es. Als er sich dem Badehaus näherte, um den Staub einer Arbeitswoche abzuwaschen, wußte er, dies würde der Höhepunkt der Woche sein. Obwohl er unter der Woche nie daran dachte, und, wenn die Stunde gekommen war, nie bei seinem Genuß verweilte – wie beispielsweise samstags morgens, wenn er sich länger ausruhte –, schien der heimliche Faden hinter seiner Alltagsexistenz bloßgelegt zu werden, sich dem prüfenden Blick bei Tageslicht darzubieten, seines, des Arbeiters Tageslicht. So wie bei Ebbe die Fauna des Meeresgrundes freigelegt wird.

Und als er die marmorne Türschwelle überschritt, als er der Frau hinter dem Glasschalter gegenüberstand, ihr die sieben Pence reichte, die Eintrittskarte entgegennahm, mit einer Handbewegung Badetuch und Seife zurückwies, auf das Tuch in seinem Matchbeutel wies, wurde jede einzelne Handlung mit dem Ernst eines ausgefeilten Rituals vollzogen, jede Handlung war eine Runde in dem kreisförmigen Labyrinth, das zu dem geheimen Ziel führte – dem Ziel, das er nie genau benannte, sondern nur spürte: in seinem Arm, wenn er die Hand bewegte; in seinem Fuß, wenn er die Türschwelle überschritt. Und während er durch den Flur mit den weißen Wänden, der seltsam hybriden Luft ging, halb Arbeitsamt, halb Krankenstation, blieb er stumm. Als er seinen Platz auf der langen Eichenholzbank einnahm, der letzte in einer Reihe von Malochern – Schwarzen, Schotten und Iren –, blieb seine Miene genauso ausdruckslos wie die der anderen; er hielt seinen Matchbeutel zwischen den Füßen, seine rauhen schmalen Hände zwischen den Knien und den Blick auf die graubeige Wand vor ihm gerichtet. Er lauschte den vollen vernehmlichen Stimmen der Schwarzen, auch ohne hinzusehen waren ihm die warmen Farben ihrer Arbeitskleidung geläufig. Er lauschte dem eigenartigen Gemisch von Aufsässigkeit und Groll in den Stimmen der Iren. Er spürte die Fliesen unter seinen Füßen, sah vor sich die Wand, von der die Farbe abblätterte, die harte Eichenholzbank unter sich, den grauhaarigen Cockney-Bademeister, der ab und zu aus dem Duschbereich kam und »Dusche!« oder »Bad!« rief, und jedesmal erhob sich der nächste Mann aus der Reihe, Badetuch und Seife unter dem Arm. So einfach, so gewöhnlich. Unter der Haut verspürte er das heimliche Pochen, verzog aber keine Miene.

Jedesmal wenn ein Mann die Schlange verließ, rutschte er eine Position weiter, und wenn der Cockney den nächsten knappen Ruf ausstieß, drehte er den Kopf und starrte rüber. Und als er schließlich der erste in der Reihe war und der Cockney »Dusche!« rief, trottete er leise durch die geöffnete Tür. Sein langsamer Gang wirkte ein wenig steif, was vielleicht an dem unnatürlich geraden Rücken lag. Er hatte ein schmales Gesicht, unauffällig, bis auf den seltsam entrückten Blick; abwesende, glasige blaue Augen; eine gewisse Innerlichkeit fand sich darin, ein Versunkensein, das man manchmal Torheit nennt.

Der grauhaarige Cockney nahm ihm die Eintrittskarte ab. Er nickte zu einer offenen Kabine hinüber. Der Mann ging langsam durch die Reihe weißer Türen unter dem gefliesten Gewölbe bis zu der ihm zugewiesenen Kabine. Es war die siebte Tür.

»Espera me, Quievo!«

»Ora, deprisa, ha?«

Er hörte Wasserplanschen, zischende Duschdüsen, auf nasse Schenkel klatschende Handflächen. Er wußte, hinter jeder Tür war ein nackter Mann, zeitlos und allein unter einem Schirm spritzenden Wassers. Daß es die Wände gab, die ähnlichen aber strikt voneinander getrennten Wesen hinter diesen Wänden, war für ihn eine immer wiederkehrende Quelle des Erstaunens, erregte ihn im stillen. Und die Rufe derer, die sich miteinander unterhielten, hallten seltsam durch den langen, absolut regelmäßigen Raum. Und er wußte, dadurch würde nun alles überhöht, in die Aura des grünen Lichts gehoben.

Er trat durch die Kabinentür und verriegelte sie hinter sich. Mit langsamem kundigen Blick erfaßte er die Umgebung. Hier kannte er alles, wollte es aber als Fremder aufnehmen, es wieder zum erstenmal sehen: die Wand, gleichmäßig mit einem Gitterwerk weißer Fliesen überzogen und zwei Meter fünfzehn hoch; die kleine Lücke zwischen ihr und der Decke; der aus der Nachbarkabine durch die Lücke dringende Dampf; die vorspringende Wand, an der ein Ganzkörperspiegel befestigt war; dahinter, von dem Plastikvorhang umgeben, die Dusche. Er ging sofort zu dem Spiegel und stellte sich reglos davor. Da verspürte er die ersten Qualen seiner bevorstehenden Auslöschung. Er betrachtete sich, wie man eine Maurerkelle mit flachem Griff mustern, ihre Nützlichkeit abschätzen würde; oder, beiläufig, die Risse in einem Straßenpflaster. Er beobachtete, wie sich seine mit Zementstaub verkrusteten Nasenlöcher beim Atmen weiteten. Er beobachtete, wie sich sein Brustkorb hob, wie die Knöpfe des verdreckten weißen Arbeitshemdes bei jedem Heben, jedem Atemzug spannten. Er biß die Zähne zusammen und ballte die Finger zur Faust. Dann zog er sich langsam und bedächtig aus, ohne sich von dem großen Spiegel zu entfernen.

Im entkleideten Zustand schien sein hagerer Körper mit den deutlich sichtbaren Rippen, dem festen Bizeps und den kantigen Schultern durch sein hageres passives Spiegelbild mit ihm zu reden. Er hörte und sah zu.

Später, als der Körper mit geöffneten Pulsadern auf dem Boden lag, immer noch mit einer Gänsehaut, sprach er zu dem Cockney-Bademeister und den versammelten Badegästen; jede Erinnerung hinter den starren Augen wurde von dem Körper selbst leise angedeutet, beinahe preisgegeben. Hätten die Männer genau hingesehen, wären ihre Augen scharf genug gewesen, dann hätten sie erkannt, daß die Haut ohne eine Kindheit in Dublin, ohne Brot und Marga-

rine, ohne drückende, kohlenstaubgesättigte Luft nicht so weiß gewesen wäre. Die Füße, die winzige sichelförmige Narbe am rechten Spann hätten ausführlich von einem am Strand von Laytown verbrachten Sommer berichtet, von Spaziergängen barfuß am heißen Ufer, von Glassplittern und blutigen Mohnblumen im Sommersand. Und die Muskelwölbung um die rechte Schulter hätte von zwei mit Tragmuldeschleppen verbrachten Jahren berichtet, so wie die kleinen nervösen Falten quer über die Stirn von den Erfahrungen in einer raffgierigen Großstadt erzählten, wie die starren Augen von Versagen kündeten, von nicht begriffenen Lehren. Doch die Badenden in dieser bunt zusammengewürfelten Gruppe rafften nur ihre Tücher fester um sich, bemerkten lediglich die auffallende Schamgegend, stellten sich die (vielleicht blonden) Haare und die Haut der Mädchen vor, die sie zum erstenmal zum Leben erweckt haben mochte; den ersten Kuß, die hartnäckigen Lippenstiftspuren und alle späteren Küsse, von denen keiner sich genauso anfühlte wie der erste. Sie sahen zwar den Körper, hörten aber die näheren Einzelheiten nicht – hörten nur, daß der Körper geboren und herangewachsen war, daß er viel gelitten und ein wenig Freude erlebt hatte; daß er eine tiefe Unzufriedenheit empfunden hatte; und sie dachten an die grüne Brücke und die roten Backsteinmauern und verstanden ...

Er kostete seine Isolation etliche Minuten lang aus. Er ließ sich nach der Wärme der Kleidung, nach den Sonnenstrahlen, ganz von der Kälte durchströmen. Im Spiegel vor sich sah er bleiche Gänsehauthubbel. Als er jung gewesen war, hatte er gelegentlich sein Haus verlassen, war zu einer vielbefahrenen Straße am Meer gegangen und von da runter zu dem tiefer gelegenen Watt geklettert. Die Flut kam nie ganz bis an die Mauer, und es gab schlammige und felsige Küstenabschnitte und die endlos lange, von einer einen Meter fünfzig hohen Rinne durchzogene Betonmauer, auf der er sitzen, die Felsen, das flache Watt und die getrockneten Meersalatfladen betrachten und beobachten konnte, wie das Meer über sie hinwegkroch, und er wunderte sich über ihre Gelassenheit, daß sie von Gefühlen unberührt waren, über ihre Leblosigkeit. Das kam ihm wie der allergrößte Segen vor, und er blieb so lange dort sitzen, daß seine Beine und manchmal sein ganzer Körper eingeschlafen waren, wenn er sich schließlich erhob. Jetzt blieb er stehen, bis er seine Bewegungslosigkeit, die Kälte fast nicht mehr ertrug. Dann ging er langsam zur Dusche, zog den Plastikvorhang beiseite und ging hinein. Die Fliesen waren tot und feucht, wie er es früher bei Strandkieseln beobachtet hatte. Als er mit beiden Füßen auf ihnen stand, fiel ihm in einer Pfütze grauen Wassers ein dünner Seifenrest auf. Beides wies auf den Badegast vor ihm hin, und er überlegte beiläufig, was das wohl für ein Mensch war; ob er schnell und eilig oder langsam und sorgfältig geduscht hatte; ob er sich ebenfalls Gedanken über den vor ihm Badenden gemacht hatte. Und er beendete seine Überlegungen, so beiläufig wie er sie angefangen hatte. Und er stellte das Wasser an.

Es floß heiß heraus. Fast hätte er unter dem Schock aufgeschrien; ein Schrei bleichen, erstaunten Entzükkens. Das war ihm besonders lieb geworden, die plötzliche Hitze und die auf seinen Schädel prasselnde Wasserwand, die ihn wundersamerweise von der Welt draußen, von dem Universum draußen abriegelte; die seine unbehaarten Arme hinunterrieselnden Wellen; die sich an jeder Fingerspitze sammelnden Stalaktiten; nasse Haare, die Geräusche angehaltenen Atems und des wummernden Wassers. Er liebte den Schmerz, wie er völlig in sich selbst aufging, und fragte sich nie, warum er ihn liebte; das galt auch für den Rest dieses wöchentlichen Rituals – den Trott durch die gedämpfte Förmlichkeit der Badehausflure in die Einsamkeit der Duschkabine, die vollkommene äußerste Einsamkeit der eingesperrten, abgeriegelten Gestalt, ein Meter zwischen ihr und dem Nachbarn; die dazu im Widerspruch stehende Freude über den ersten Kontakt mit der Hitze, über den angenehmen Schmerz.

Ein Aufseher aus einer Asbestfabrik, der seine Kabine schwarz betreten und mit einer weißen, fleckigen, gräulich schimmernden Haut wieder verlassen hatte, erahnte den Grund für die aufgeschnittenen Pulsadern. Er sah sich die winzige Ansammlung von Fältchen um die Augen an und wußte, daß da ein Übermaß an Langeweile existiert hatte; keine launische, beliebige, kindische Langeweile, sondern eine existentielle Langeweile. Er sah den selbst im Tod zusammengekniffenen, schwermütigen und irgendwie nicht mitteilsamen Mund, und er roch denselben Geruch wie an dem Tag, als er zum erstenmal mit ebendieser Langeweile in Kontakt gekommen war. Erneut stachen ihm die sich beißenden Gerüche von Fisch und Chips in die Nase, die Gerüche der weggeworfenen Verpackungen von

Süßigkeiten, der metallische Duft des Vergnügungszeltes, der schweflige Hauch der Autoskooter; der leere, grüblerische, wehmütige Geruch des Urlaubsortes am Meer, denn dort war er das erstemal seiner Langeweile begegnet; hier war er über den grünen Teppich des Golfplatzes geschlendert, über sich den grauen Himmel, und hatte sich gefragt, was er mit den langen Tagen und Stunden anfangen sollte, hatte sich dann den Dünen, den langen Gräsern und dem Strand zugewandt, entschieden, daß es nichts zu tun gab, daß es sinnlos war, irgend etwas zu tun, und zu seiner Rechten hatte das Meer geschimmert wie die matte Metallplatte, auf der die Autoskooter fuhren. Hier hatte er stundenlang in einem Sandloch gelegen, mit dem Kopf eine leichte Delle in den Sand gedrückt und die nervtötende Prozession der Wolken beobachtet. Hier hatte er sich zum erstenmal gefragt, welchen Sinn es hatte, es hatte nur Sinn, wenn es Spaß machte, wenn es angenehm war, wenn man mehr Vergnügen als Leid empfand. Bei dem Gedanken an Vergnügen hatte er dann auf seiner jugendlichen Waage das Vergnügen abgewogen, das Vergnügen der fettigen, seine Finger wärmenden Fisch-und-Chips-Tüte, der ausgewickelten Süßigkeit, der weggeworfenen Verpackung und der nachlassenden Süße, der weiß blitzenden Beine eines pubertierenden Mädchens, des Wunsches, sie zu streicheln und zu liebkosen, gegen das mit der Tatsache verbundene Leid, daß beides unmöglich war; und als sein Kopf sich tiefer in den Sand bohrte, hatte er gesehen, wie sich die Waagschale in Richtung Leid neigte. Vielleicht nur ein klein wenig, aber egal, so war es nun mal. Und er hatte die durch das Blaue jagenden weißen Schäfchenwolken beob-

achtet, die seither für ihn das Übergewicht des Leids symbolisierten; und jetzt betrachtete er die weiße Narbe am Spann des jungen Mannes und dachte an die weißen Wolken und an die hüpfenden Röcke der Mädchen und an die Tatsache, daß es Leid gibt...

Der erste Wasseraufprall war vorbei; seine Körpertemperatur war gestiegen, und die heißen stechenden Nadeln waren inzwischen eine pausenlos massierende Hand. Und nachdem er in die Orgie des peitschenden Wassers versunken war, hatte sich nun eine Stille auf ihn gelegt. Er wußte, daß ihm diese Dusche alles mögliche, eine ganze Welt bedeutete. Nur hier konnte er diese Welt sehen, sie im Gleichgewicht halten, daher lauschte er dem ruhigen Regen in der Kabine, dem gedämpften, leisen Geräusch tropfenden Wassers und dem grün aufsteigenden Dampf, durch den man die Dinge in ihrer wahren unnatürlichen Deutlichkeit sieht. Er sah den nassen, klatschenden Duschvorhang. Der war mit einem tristen Rosenmuster bedruckt, und die Rosen waren nach jahrelanger Schwitzwassereinwirkung zu Grün verblichen: grüne Rosen. Er sah die schwarzen Stellen zwischen den Fliesen, das Abflußloch und das darin verschwindende wirbelnde Wasserrinnsal. Er sah, wie der äußere Schmutz von ihm abgewaschen wurde, der verkrustete Zementstaub, die Schlammspritzer. Um seine Ellbogen sah er schwarze Falten, um seinen Hals einen Hochwasserrand, den dauerhafteren, tiefsitzenden Schmutz. Und er lauschte dem fließenden Wasser, betrachtete die grünen Rosen und fragte sich, wie es wäre, nur noch diese Dinge zu sehen und zu hören; wenn immer nur dieses reine Geräusch, diese pure Farbe zu ihm durchdringen würde; so passiv zu sein wie ein Schlammkügelchen in der Flut. Dann nahm er die Seife aus der geriffelten Schale an der Wand und seifte sich gründlich ein. Bald würde er vollkommen, trostlos sauber sein.

Auf seiner Wange war ein Farbklecks. Der Maler, neben dem er arbeitete, ein Schwarzer, hatte ihm spaßeshalber mit dem Pinsel einen Klaps verpaßt. Jetzt verschwand der Klecks unter dem Druck der Seife. Und mit ihm verschwand die Welt, diese Welt, die Welt, in der er lebte, die Welt, die Dreck unter seinen Nägeln, Staub unter seinen Augenlidern zurückließ. In der Stille des fließenden Wassers schrubbte er am Schmutz dieser Welt, am Mantel dieser Welt, an dem Selbst, das in dieser Welt lebte. Bald würde er vollkommen, trostlos sauber sein.

Der alte Cockney nahm noch eine Eintrittskarte von einem Badegast entgegen, den er zu erkennen glaubte. Hatte er wohl letzte Woche gesehen. Er zerknüllte die Karte in der Hand, betrat sein Büro mit der Fensterfront und spießte die Karte auf einen fünfzehn Zentimeter langen, in einem Holzblock steckenden Nagel. Er schnippte eine Zigarette aus der Schachtel und zündete sie keuchend an. Die vielen Stunden, die er in diesem Büro, wo das Kondenswasser von den Scheiben lief, verbracht hatte, verschlimmerten seine Bronchialerkrankung. Er ließ den Blick über die siebzehn Kabinen schweifen. Wieder einmal fragte er sich, wie viele von den Leuten, die seit siebzehn Wochen allwöchentlich herkamen, jede der siebzehn Duschen aufgesucht hatten. Aller Wahrscheinlichkeit nach keiner. Müssen schließ-

lich da rein, wo ich sie hinschicke, stimmt's. Können unmöglich in eine andere Kabine als die, die gerade leer ist, auch nicht, wenn sie wollten. Aber wie stehen die Chancen, wenn ein Mann sich hier seit zehn Jahren wäscht; war der nicht überall schon mal drin? Mit welcher Wahrscheinlichkeit kommt er wohl immer in dieselbe Dusche? Er kniff die Augen zusammen, hustete und wischte den Dampf von der Fensterscheibe, um besser sehen zu können.

Weiß, jetzt. Nicht das Bettwäscheweiß der Fliesen, sondern ein menschliches, schlaffes, rosa angehauchtes Hautweiß. Er stand kerzengerade da, ließ die Arme seitlich baumeln, die Handgelenke schlaff. Seine kurzen schwarzen Haare klebten wie eine enge Kappe auf dem Schädel. Er musterte die Wände seiner Kabine und überlegte sich verwundert, daß es noch sechzehn mit dieser identische Kabinen gab, die er nicht sehen konnte. In jeder ein Mann, der vom gleichen Wasser gewaschen wurde, alle unterschiedlich sauber. Und er fragte sich, ob die Gestalt in der Kabine nebenan an ihn dachte, an den Nachbarn, so wie er es tat. Ob der seine Überlegungen teilte. Irgendwie hielt er es für angemessen, daß sich nackte Männer in angrenzenden Kabinen wuschen; jeder ein fremdes Land für den anderen. In welcher Hinsicht angemessen, hätte er nicht sagen können. Er sah sich in seiner Kabine um und fragte sich: Was ist sie wert, was bedeutet sie, diese Kabine... er fragte sich, ob irgendeiner der anderen sechzehn seine Kabine anstarrte und überlegte; ob einem genau wie ihm bewußt wurde: Sie bedeutete nichts. Er sah ein, daß er dies nie erfahren würde.

Nichts. Oder fast nichts. Er sah an seinem Körper herunter: flacher Bauch, dünne Arme, ein schlaffes Glied. Er wußte, er war an dem Punkt angekommen, wo er masturbieren würde. An diesen Punkt gelangte er jeweils auf unterschiedlichen Wegen, mit unterschiedlichen Überlegungen, über unterschiedliche Etappen. Doch sobald er dort angelangt war, wurde ihm immer klar, daß die Wege ähnlich, daß die Wege die gleichen Wege gewesen waren, nur der Stil hatte variiert. Und dann legte er mit beiden Händen Hand an sich, streichelte sich mit einer vertrauten, freudlosen Bewegung, wohl wissend, daß – hier wie bei allem anderen auch – die kurze Ablenkung durch das Gefühl die anschließende Trostlosigkeit nur noch verstärken würde, beobachtete unterdessen die Bewegung seiner Bauchmuskeln, wie sie unter dem Vorhang aus laufendem Wasser glänzten. Und während er spürte, wie ihn der mechanische Luftschwall durchströmte, hörte er in der angrenzenden Kabine einen anonymen Körper planschen. Ihm kam der Gedanke, jemand könnte ihn beobachten. Aber nein, dachte er dann, beinahe enttäuscht, wer sollte das tun, und bearbeitete sich noch heftiger. So stand er, als ihn ein befreiendes Muskelzucken durchlief, seinen Rücken durchdrückte, seine Waden spannte, jeden einzelnen Zeh leidenschaftlich auf den gefliesten Boden preßte.

Der junge Mann aus Trinidad in der Nachbarkabine quetschte weiches Zitronenshampoo aus einem Beutelchen und rieb es zwischen zwei braunen Handflächen schaumig. Sägemehl-Staubflocken – er war Tischlergeselle – mischten sich mit dem schneeweißen Schaum. Zwei Handvoll drückte er sich in jede Achselhöhle, verteilte das Shampoo dann auf Brustkorb und Bauch und rieb es so lange, bis es aufschäumte und zur Farbe trüber Molke zerfloß, dann wusch ihn das Wasser wieder sauber, spritzte über seinen Körper, bis er sein wundersames Braun wieder hatte; und er gab einer Brustwarze nach der anderen einen Klaps und dachte an den sauberen Körper unter einem frisch gestärkten Hemd, an eine Liebesnacht unter einem niedrigen rotbeleuchteten Dach, an die wummernde Gleichförmigkeit einer Reggaeband.

Es folgte ein intensiver Augenblick der Stille. Er stand da, ausgepumpt, schlaff. Dann hörte er:

»Ey, Bimbo, immer noch nicht fertig?«

»Wie soll ich denn fertig sein?«

»Los, schaff deine Leiche da raus, Bimbomann. Raus!«

Er beobachtete, wie das Duschwasser den auf die Fliesen gespritzten Samen wegschwemmte, den Grauton verdünnte, bis er schließlich in dem wirbelnden Sog um das Abflußloch verschwand. Und ihm fielen die gebogene Betonmauer seiner Kindheit wieder ein, die Ebbe und die Felsen und die Strandabschnitte mit getrocknetem grünen Meersalat, und weil die Erschöpfung jetzt köstlich war und trostlos, weil er wußte, nach all der hektischen Anstrengung, der Anstrengung durch Leidenschaft und Scham, würde es nun nichts mehr außer dieser Erschöpfung geben, ging er durch den Vorhang mit den grünen Rosen, nahm das Rasiermesser aus seinem Beutel und trat zurück in die Dusche, um sich die Pulsadern aufzuschneiden. Und im Sterben dachte er an nichts Bedeutsameres als an den Weg, den Weg, auf dem er hierhergekommen war, an die grüne Brücke und die gebückte Gestalt unter der Backsteinmauer und die Fassade des viktorianischen Badehauses, dachte: Es gibt nichts Bedeutsameres.

Von dem etwa einen Dutzend Menschen, das sich zum Gaffen versammelt hatte – wie die Leute halt so sind –, dachte kein einziger: »Warum hat er das getan?« Eigentlich wußten es alle, die da eng zu einem reglosen Kreis aneinandergedrückt standen und den schiffsähnlichen Leichnam anstarrten. Und ein dicker und möglicherweise einfältiger Schwarzer in mittleren Jahren sprach es aus:

»An jedem Tag, den mir der Herr weist, nehme ich mir vor, es genauso zu machen. Und an jedem Tag, den mir der Herr weist, trinke ich eine Flasche Wein und vergeß, was ich vorhatte.«

Drei Erinnerungen nahmen sie mit: die Erinnerung an einen mageren, fast unbehaarten Leichnam mit rotgefärbten Handgelenken; die Erinnerung an ein dünnes, schön gearbeitetes Rasiermesser, dessen silbriger Glanz stellenweise Rostflecken aufwies; und die Erinnerung an einen sprühenden Duschkopf, an unregelmäßig tropfendes Wasser. Und als sie in die Welt der hellen nachmittäglichen Straßen hinaustraten, sahen sie die grüngestrichene stählerne Brücke und die rote Backsteinmauer und wußten, daß es auch in deren Natur lag, daß sich der Körper so verhielt...

Verführung

Du glaubst mir nicht, stimmt's«, sagte er, »du glaubst gar nichts, aber ich habe sie gesehen«, und er wiederholte es noch einmal, doch diesmal mußte ich nicht zuhören, weil ich es lebhaft vor mir sah. Die Kleider der nackten Frau stapelten sich auf einem Haufen unterhalb der Straßenböschung, wo Steine und Kiesel den Strand verunzierten, und ihr fetter Körper lief über den Ufersand, daß die Wellen gegen ihre dicken Knöchel spritzten. Dieses Bild war wie der ganze Sommer, es pulsierte vor geheimen Erwartungen. Ich war seit zwei Tagen wieder in der Stadt, und jeden Tag trieben wir uns bis zur Abenddämmerung herum, wenn die Stunden am längsten zu sein schienen, wenn der Tag seinen Tod hinauszögerte, bis er fast platzte, der Himmel über ihm eine Art ausgebreitete Gaze, grau, melancholisch, und doch unendlich verlockend und fremd. In diesem Jahr hatte ich ein wenig Angst vor ihm, obwohl er immer noch kleiner war als ich. Mir gefielen seine spitzen Schuhe, die nach oben zeigten und weiß abgewetzt waren, um die beneidete ich ihn und um seine lockigen Haare, getränkt mit Öl, das sie zu einer Entenschwanzfrisur bändigen sollte. Mir gefiel seine Selbstsicherheit, wie er lässig den Essig aus der Pommestüte auf seine nicht mehr ganz weiße Hemdbrust tropfen ließ. Doch das behielt ich alles für mich, schließlich wußte ich, daß er auch mich um manches beneidete. Ich glaube, jeder von uns kultivierte diesen Neid, wollte unbedingt wissen, wie sich der andere verändert hatte, hielt es aber für unter seiner Würde zu fragen. Wir unterhielten uns einsilbig, in dem Bewußtsein, von dem anderen beneidet zu werden, eine wie Blut dahinfließende unterschwellige beiderseitige Freude. Wir wohnten beide in derselben Pension wie letztes Jahr. Ich hatte ein Zimmer mit Meerblick, er eins mit Blick auf das Klostergelände, auf den Basketballplatz mit dem gespannten Tennisnetz, wo die Nonnen mit schrillem mädchenhaften Gelächter die Schläger schwangen. Wir rochen den Duft von Äpfeln, der vom Klostergarten dahinter über die Stadt wehte, und in diesem Jahr bedeutete Apfelduft für mich etwas anderes, genau wie die Abenddämmerung. Letztes Jahr wäre er eine Aufforderung zum Diebstahl gewesen. Ich fragte mich, ob er für ihn dasselbe bedeutete. Vermutlich, bei so einer Frisur. Doch damals war er härter, obszöner gewesen.

»Guck mal, jetzt kommt sie raus.« Er nickte seitlich in Richtung Pommesbude, und ich schaute durch das feuchte, beschlagene Fenster. Innen sah es warm aus, warm und fettig. Ich sah die Frau aus dem winzigen Gang kommen, wo die Pommes fritiert wurden, und sich gegen den Tresen lehnen. Ein paar auf ihre Bestellungen wartende ältere Jungen machten spöttische Bemerkungen. Sie lachte kurz, fischte eine Zigarette aus der Packung, steckte sie sich in den Mund und zündete sie an. Ich wußte, wenn sie die Zigarette wieder rausnahm, würde der Filter lippenstiftbeschmiert sein, so wie in Filmen. Als sie die Münzen von den Jungen entgegennahm, rutschten zwei goldene Armreifen auf ihr dickes Handgelenk. Sie hatte etwas Mysteriöses, Hartes und Müdes an sich, hinter den Make-up-Schichten lag ein Geheimnis, das diese älteren Jungen kannten. Ich sah sie lachen und spürte die heftige Erregung der Abenddämmerung, der Äpfel. Und da glaubte ich ihm, obwohl ich wußte, wie oft er log. Ich glaubte ihm, weil ich es glauben, es mir vorstellen wollte, die Nacktheit dieser fetten Blondine, die älter aussah als ihre fünfundzwanzig Jahre und die jeden Samstagabend bei der Tanzveranstaltung im Hotel am Ort sang.

»Leanche heißt sie. Leanche der Löwe.«

»Die Löwin«, korrigierte ich, schließlich war ich der Gebildete. Er sah mich an und spuckte aus.

»Wann hältst du bloß mal den Rand.« Ich spuckte auch aus. »Hier.« Er hielt mir die Pommestüte hin.

Ich nahm mir etwas. So war es gewesen, als ich in der Pension eintraf und er schon einen Tag länger da war. Er stand in der Auffahrt und zupfte Blätter vom Rhododendronbusch, während wir Sachen vom Gepäckträger unseres Fords nahmen. Ich sah zu ihm rüber, genau wie im Jahr davor, entdeckte aber einen neuen Mißmut in seiner Miene. Ich hoffte, daß mein Gesicht noch ausdrucksloser war. Als ich rübersah, wandte er sich ab, rührte sich aber nicht vom Fleck, zupfte an den dreckigen Blättern, bis wir fertig ausgeladen hatten. Dann ging ich rüber, um mit ihm zu reden. Er sagte, die Stadt sei dieses Jahr ein Drecksloch, und im hiesigen Kino laufe ein Elvis-Streifen. Er sagte, Ford-Autos mit hohem Heck seien schon seit der Arche Noah nicht mehr angesagt. Als ich fragte, ob seine Alten inzwischen ein Auto hätten, verneinte er. Doch irgendwie kam es einem schlimmer vor, ein Auto mit hohem Heck und rostigen Türen zu haben als gar keins. Er sagte: »Los, komm mit in die Stadt«, und dann gingen wir zum Tor, zur Straße, die vom Pier zum Ort führte, wo alle Häuser weiß-gelb gestrichen und im Sommer Pensionen waren.

»Gehen wir rein«, sagte er, als es gerade dunkel wurde und der letzte Kunde die Pommesbude verließ. »Wir haben kein Geld«, erwiderte ich. »Außerdem glaube ich dir nicht.« Ich hoffte, daß meine Angst nicht zu offensichtlich war. »Es stimmt aber«, sagte er. »Der Mann im Kino hat's mir erzählt.« – »Hat er sie gesehen?« fragte ich. »Nein, aber sein Bruder.« Der in dieser Aussage steckenden Verachtung hatte ich nichts entgegenzusetzen.

Wir stießen die Glastür auf, dabei holte er einen Kamm heraus und fuhr sich damit durch die Haare. Ich ging rüber zu der gelben Musikbox und drückte gedankenlos ein paar Knöpfe. »Steckst du nun Geld rein, Junge?« hörte ich. Ich drehte mich um, und da sah sie mich an, die lächerlich kleinen Löckchen kringelten sich um ihr breites Gesicht. Sie hatte rote Wangen, und durch das tief ausgeschnittene Kleid zeichnete sich weiß ihr gewaltiger Busen ab, passend zu den Fettflecken auf ihrer Schürze. »Nein«, sagte ich und errötete bis an die Haarwurzeln, »wir wollten bloß wissen ...«

»Wieviel Uhr es ist«, platzte Jamie dazwischen.

»Habt ihr keine Augen im Kopf?« gab sie zurück. Dann

hob sie den Arm und wies auf eine über ihr hängende Wanduhr. Zwanzig nach zehn.

Wir waren am Hafen, der Pommesbude und dem Hotel Great Northern vorbeigegangen, die alle noch genauso aussahen wie letztes Jahr. Der Sohn des reichen Hoteliers, der seine Priesterausbildung abgebrochen hatte und ein bißchen ausgeklinkt war, lag wieder am Strand und drehte sich gerade um, damit jetzt, da sein Rücken braun war, auch der Bauch Sonne abbekam. Jamie erzählte von den zwei protestantischen Schwestern aus Belfast, die Nylonstrümpfe trugen und jeden Abend im Kino hockten und auf etwas warteten. Er wollte wissen, ob ich schon mal was mit 'nem Mädchen gehabt hätte, das Nylonstrümpfe trug. Ich stellte ihm dieselbe Frage. Er antwortete nicht, spuckte aber auf den Boden und rührte mit seiner Schuhsohle den Speichel um. Die Stadt war in diesem Jahr völlig verändert, greller, sie umschloß uns. Ich pumpte mir seinen Kamm und fuhr mir damit durch die Haare, aber die wollten einfach keine Tolle bilden und fielen jedesmal zurück in die Stirn, unverbesserlich glatt und sandfarben.

Die Frau in der Pommesbude stützte lächelnd den Arm auf den Tresen und legte ihr Kinn auf die Faust. Um die goldenen Armreifen wölbten sich Fettwülste. »Wollt ihr sonst noch was wissen?« Auf einmal verspürte ich den idiotischen Drang, mich selbst zu übertreffen, Jamies Entenschwanzfrisur zu überbieten. »Ja«, fing ich an, »haben Sie ...« Dann brach ich ab. Sie war mir ein wenig dumm vorgekommen, doch etwas anderes als Dummheit ließ mich verstummen. »Hab ich!« sagte sie und wandte mir den Kopf zu, sah mir direkt in die Augen. Und in der grünen Iris unter der unbeholfen aufgetragenen Wimperntusche lag ein spöttisches Leuchten, das mir angst machte. Ich mußte an den von grünem Dunst umgebenen Mond denken, wie der Engel des Todes in »Die zehn Gebote«. Ich sah ihre Wangen, hörte die Meeresbrandung und stellte mir vor, wie ihre Füße über den Sand stapften. Und mich schauderte beim Gedanken an die tiefere unendliche Dummheit, die ekelhafte Idiotie, die Paare ins hohe Gras lockte, damit sie sich dort einer Sache hingaben, über die ich mir nicht so ganz im klaren war. Ich errötete vor Scham, vor Sehnsucht, Bescheid zu wissen, wurde aber von ihrer Hand gerettet, die auf den Tresen schlug. »Wenn ihr keine Fritten wollt, zieht Leine.« – »Keine Sorge«, sagte Jamie und zog sich den Kamm durch die Haare. »Keine Sorge«, sagte ich, hörte seine Haare ölig schmatzen und ging Richtung Glastür. »Ich glaub dir immer noch nicht«, sagte ich draußen zu ihm. »Willst du warten und es selber sehen?« Ich antwortete nicht. Jamie malte einige Kurven auf das beschlagene Fenster, die eine nackte Frau bildeten. Wir sahen beide zu, wie sie langsam zu wäßrigen Schlieren zerliefen.

An diesem ersten Abend waren wir ins Kino gegangen, durch den mit gelber Emulsionsfarbe gestrichenen Eingang in die Finsternis des langen Flurs, dessen Fenster mit braunen Papierbahnen verhängt waren. Ich nahm die Gerüche des letzten Jahres in mich auf, den schweißgetränkten abgewetzten Plüsch der Sitze und den aufwirbelnden Staub, den der Lichtkegel von oben in Diamanten verwandelte. Im Saal saßen vereinzelt einige ältere

Pärchen, auf der Leinwand war Elvis, in einer geblümten Badehose am Strand, aber Schwestern aus Belfast waren Fehlanzeige. »Wo sind sie?« fragte ich Jamie in leicht triumphierendem Tonfall. Er rettete sich, indem er eine Kippe rausholte, sie anzündete und heftig daran zog. Wir sogen Elvis schweigend auf. Später steckte der Filmvorführer seinen Kopf zwischen unseren Schultern durch und fragte: »He, Jungs, wollt ihr den Vorführraum sehen?« Genau wie im letzten Jahr roch sein Atem nach Zigaretten und Pfefferminze. Aber dieses Jahr lehnten wir ab.

Später hatte ich in meinem Zimmer gesessen und das Ufer beobachtet, wo zwei Nonnen auf einem Platz, den sie in den Sand gekratzt hatten, Tennisschläger schwangen. Es war zehn nach neun, die Dämmerung weit fortgeschritten, Blau und Grau hielten sich beinahe die Waage. Ich saß auf dem Bett und zog die Knie an den Oberkörper, wiegte mich leicht, lauschte dem perlenden Lachen der Nonnen und beobachtete, wie sich ihre Habite bei jedem Ausholen bauschten. Bald gingen auch die Nonnen, und der Strand war leer, abgesehen von dem improvisierten Tennisplatz und den Abdrücken ihrer Stiefel mit hohen Absätzen. Doch ich beobachtete immer noch, lauschte der Brandung, ließ das Licht im Zimmer um mich her verlöschen und weinte der Unschuld des vergangenen Jahres nach.

Wir preßten uns gegen die Mauer unterhalb der Straße, um zu verhindern, daß unsere Füße auf den großen runden Kieseln wegrutschten. Von der Auffahrt zur Pension her rief mein Vater meinen Namen. Seine

Stimme schien bis hinunter an den Strand zu hallen, sie klang besorgt und müde. Bald erstarb auch das Echo, und Jamie kletterte nach oben, spähte über den Rand und bedeutete mir, die Luft sei rein. Dann gingen wir ans Ufer, im Halbdunkel eine lange Fährte von Fußabdrükken hinterlassend. Wir setzten uns hinter ein umgedrehtes Boot und warteten. Wir warteten stundenlang, bis Jamies Gesicht blaß und schmal wurde und meine Zähne klapperten. Er starrte aufs Meer, brach die Zähne aus seinem Kamm, einen nach dem anderen, und verstreute sie zu seinen Füßen. Ich spuckte in den Sand und beobachtete, wie die Spucke winzige Sandkügelchen bildete. Das Meer näherte sich und zog sich zurück, näherte sich und zog sich zurück, enthielt aber keine dicken Frauen. Dann fing Jamie an zu reden, über Küsse mit offenem und geschlossenem Mund, darüber, wie unterschiedlich sich ein Busen unter einem und durch einen Pullover anfühlte, über den Unterschied zwischen Nylonstrümpfen und weißen Söckchen. Er redete stundenlang, so schien es, und irgendwann hörte ich nicht mehr zu, daß er log, wußte ich ja sowieso. Irgendwann merkte ich, daß er nicht mehr redete. Ich wußte nicht, wie lange er schon schwieg, wußte aber, daß es mir erst nach einer ganzen Weile aufgefallen war. Als ich mich umdrehte, sah ich, daß er mit hochgezogenen Schultern dahockte, das Gesicht leer wie das eines Kindes. Sämtliche Zähne seines Kamms waren abgebrochen, er hielt ihn, ohne es zu merken, umklammert und weinte leise. Seine Haare waren wirr und lockig, Öl tropfte ihm auf die Stirn, seine Lippen waren von der Kälte lila angelaufen. Ich berührte ihn am

Ellbogen, und als sein leises Schluchzen nicht aufhörte, zog ich meine Jacke aus und legte sie ihm sanft um die Schultern. Zitternd rückte er näher an mich ran, bis sein Kopf meinen Oberkörper berührte und dort liegenblieb. So hielt ich ihn fest, während er schlief, und dachte, wieviel kleiner er doch war als ich.

Als er aufwachte, erschien gerade ein dünner Lichtstreifen am Horizont. Sein Gesicht war blaß – wenn auch nicht so grau wie das Licht –, und inzwischen klapperten seine Zähne. »Was ist passiert?« fragte er und schüttelte meine Jacke ab. »Du hast geschlafen«, antwortete ich, »du hast es verpaßt«, und berichtete ausführlich, wie die Frau vom Landungssteg aus losgelaufen und an mir vorbei bis zum Ende des Strandes gerannt sei und wie ihre Brüste gewippt hätten, als das Meer ihre dicken Knöchel umspülte. »Lügner«, sagte er. »Stimmt«, gab ich zu. Dann dachte ich an zu Hause. »Was machen wir jetzt?« fragte ich. Er rieb sich mit der Hand über die feuchten Augen und verschmierte sich dabei beide Wangen. Dann stand er auf und ging aufs Meer zu. Ich folgte ihm, wußte, die See würde seine Tränen versiegen lassen und auch die, die in mir emporsteigen mochten. Sobald er ans Wasser kam, fing er an zu laufen, wühlte mit den Füßen die Wellen auf, und ich rannte hinterher, aber weniger hemmungslos, und als er mit dem Gesicht nach unten ins Wasser fiel, fiel ich auch. Ich konnte ihn durch das Salzwasser sehen und merkte, daß er ein irres Lachen ausstieß, vermischt mit Tränen, und daß er den Kopf wie beim Schwimmen ins Wasser tauchte und wieder herausstreckte. Ich rappelte mich auf und versuchte ihn hochzuziehen, doch seine Kleider klebten an jedem einzelnen Knochen seines mageren Körpers. Dann spürte ich, wie ich rutschte, wie mir die Beine weggerissen wurden und ich wieder ins Wasser fiel, und ich spürte, wie seine Arme meine Hüften umklammerten, immer fester, so wie Knaben miteinander ringen, aber dann ruhiger, und ich spürte, wie sich sein nicht mehr kleiner Körper gegen meinen drückte. Ich hörte ihn sagen: »So machen es Liebespaare« und spürte seinen Mund auf meinem Hals, wehrte mich aber nicht; ich wußte, im Wasser konnte er weder meine Tränen noch mein Lächeln sehen.

Sand

Die Hufe des Esels glichen den Fingernägeln seiner Schwester, lang und spitz. Nur an den Enden nicht, die waren rissig und rauh statt glatt und hart.

Er saß auf dem Tier, wollte es vom Fleck bewegen. Er spürte das Rückgrat des Esels gegen sein Schambein drücken. Er spürte die Flanken des Tieres, die wie weiche verschwitzte Kissen gegen seine Knie und Unterschenkel drückten.

Er grub seinen Absatz in eine der Flanken, und der Esel rückte etwa einen Meter vor.

»Wirbel nicht dauernd Sand auf«, sagte seine Schwester. Sie klang verärgert.

»Kommst du mit schwimmen, wenn ich aufhöre?« fragte er.

»Hör einfach auf damit, ja?«

»Nein«, sagte er.

Er trat den Esel noch mal, obwohl er die spitze Zunge seiner Schwester fürchtete. Wenn sie redete, schien sie so viel zu wissen, was er nicht wußte. Es war wie mit ihrem Sonnenöl, wie mit ihrer Angewohnheit, mit geschlossenen Augen am Meer zu liegen, auf ihrem gemeinsamen Badetuch. Irgendwie hatte er das Gefühl, genausoviel zu wissen wie sie, doch wenn es darauf ankam, es zu sagen, fand er nie die richtigen Worte.

»Wenn du mich noch mal mit Sand bewirfst...«

»Schon gut«, sagte er. »Schon gut.«

Er legte seine Hände auf den Hals des Esels und fragte sich, wie er mit einer gewissen Würde absteigen konnte, mit einer Spur von ihrer Würde. Er betrachtete das Dunkelblau des Meeres und das helle Blau des Himmels, überlegte. Dann hörte er weit hinter sich etwas. Einen Ruf. Er drehte sich auf dem Esel sitzend um und sah jemanden über die Dünen laufen, die Arme schwenken.

Er stieg schnell ab, würdelos. Er mußte an Kesselflikker denken. Er wußte, daß die meisten Esel Kesselflikkern gehörten. Er sah den Esel an, der genauso stocksteif dastand wie vorher, seine Hufe ragten aus dem weißen Sand.

Die Gestalt kam mit einer eigentümlich erwachsenen Zielstrebigkeit näher. Es war aber kein Erwachsener, sondern ein Junge, kaum älter als er. Der Junge war inzwischen halb vom Gras verdeckt und schleuderte bei jedem Schritt Sand auf. Er war völlig nackt. In einer Hand hielt er einen Stiefel, mit dem er gelegentlich seine Genitalien bedeckte.

Doch meistens konnte er sie nicht bedecken, er schlenkerte beim Laufen mit den Armen. Und der Junge sah, wie die nackte Gestalt – kleiner als er, aber kräftiger und viel brauner – zum Stehen kam. Er sah den keuchenden offenen Mund und die Augen, argwöhnisch wie seine eigenen, aber älter und wütender, als seine je werden konnten. An den Hüften hörte die braune Nacktheit auf und ging in grauweiße Nacktheit über. Der Stiefel befand sich nun unbeweglich vor dem Haarbüschel.

»Das ist mein Esel. Laß ihn los.«

Das tat er auf der Stelle. Nicht weil er Angst hatte, die hatte er auch, sondern weil er alles getan hätte, was diese Augen von ihm verlangten. Er sah den Schuh an, der das wilde krause Haarbüschel und das Geschlecht nicht vollständig verdeckte. Er sah seine Schwester an. Sie schaute in die andere Richtung, errötend, in ihrem blauen Badeanzug erstarrt.

»Das nächstemal kriegst du das hier.«

Vor seinem Gesicht schwebte eine kleine knochige Faust. Dahinter waren die Augen, so jung wie seine, aber mit uralten Runzeln um die Ränder.

»In Ordnung«, sagte er, bemüht, nicht niedergeschlagen zu klingen. Der Kesselflicker machte kehrt und zog den Esel an der dünnen Mähne hinter sich her.

»Also wirklich«, sagte die Schwester des Jungen.

Und jetzt wurde er rot. Der Kesselflicker war mittlerweile auf den Dünen, zog den Esel an der Mähne hinter sich her. Seine Pobacken wackelten beim Gehen, zwei weiße Flecke, die sich von dem Braunen des mageren Körpers abhoben.

Er hatte das Gefühl, daß sie ihm die Schuld für diese Nacktheit gab. Er hatte das Gefühl, er könnte seine Schwester dafür hassen, daß sie ihm die Schuld gab.

»Also wirklich«, wiederholte sie. »Manche Leute.«

Diese Worte klangen in seinen Ohren falsch, von Erwachsenen aufgeschnappt. Sie saß jetzt vorgebeugt, umfaßte ihre Knie mit den Armen und legte ihr Kinn darauf. Die Augenlider hatte sie gesenkt, nicht ganz, aber so, daß er außen vor blieb. Am liebsten hätte er gesagt, daß es ihm leid tat, doch ihre Augen lagen zwischen ihm und seinen Worten. Dann haßte er sie wirklich. Er haßte sie auf ganz elementare Weise, hätte sie am liebsten zerrissen, so wie man bei dem Spiel »Überraschungspäckchen« die vielen Verpackungsschichten zerreißt, um an den Inhalt des Päckchens zu gelangen. Er wußte nicht, ob er das hassen würde, was drin war.

»Jean ...«, fing er an, doch sie legte sich auf den Bauch, von ihm abgewandt, kehrte ihren langen Rücken der Sonne zu.

Hinter sich hörte er einen Ruf und drehte sich um, froh, von ihr wegzukommen. Er sah, daß ihm der Kesselflicker weiter hinten aus den Dünen zuwinkte und etwas rief, das er nicht hören konnte. Es wirkte dringlich, wie der andere mit den Händen durch die Luft fuchtelte. Daher ging er, obwohl er Angst hatte, und ließ seine Schwester, deren Wange auf den verschränkten Händen ruhte, zurück.

Während er auf ihn zuging, wurde der Kesselflicker größer, und das Herumfuchteln hörte allmählich auf. Unter seinen Füßen spürte der Junge den heißen Sand, dann Gras, das an seinen Waden entlangstrich. Und schon stand der andere vor ihm, Arme in die Hüften gestemmt, und wartete, daß er näher kam. Inzwischen trug er eine viel zu große Männerhose.

»Willst du 'ne Runde auf dem Esel drehen?«

Er nickte stumm.

»Ich geb dir für 'ne halbe Stunde den Esel, wenn du mich 'ne halbe Stunde mit deiner Schwester allein läßt.«

Bei dieser Vorstellung mußte der Junge lachen, seine Schwester gegen den Esel, ein fairer Tausch. Der Kesselflicker lachte auch, daraufhin mußte der Junge noch lauter lachen, ein gewaltiges Gelächter, das seinen Körper durchrüttelte und seine Bauchmuskeln anspannte. Das Lachen des Kesselflickers war leiser, wissender. Das hörte der Junge, verstummte und sah in die mitwisserisch zusammengekniffenen blauen Augen, die weiterlachten. Da lachte auch der Junge wieder, genoß sein Lachen, so wie er manchmal mit Erwachsenen lachte. Aus dem Witz war ein anderer Witz geworden, den er zwar nicht verstand, aber das ließ ihn nur noch lustiger werden.

Plötzlich verstummte der Kesselflicker. Er verschränkte die Hände, daß sie einen Steigbügel bildeten, und hielt sie ihm hin.

»Hier.«

Er hatte schmutzige, rissige Hände, von denen sich Haut löste. Der Junge war einverstanden. Er versuchte sein ungutes Gefühl zu überwinden. Er wußte Bescheid, und er wußte nicht Bescheid. Er stellte den linken Fuß in den Steigbügel aus schuppigen Händen, schwang sich auf den Esel, der Fuß des Kesselflickers versetzte dem Esel einen Tritt, und der lief los.

Der Junge umklammerte den Eselhals, verängstigt und aufgeregt. Er hatte nicht gewußt, daß Esel so schnell laufen konnten, die stampfenden Hufe stießen sich rasch vom Gras ab, das Rückgrat des Esels, hart wie ein Gatter, stieß sich von seinem Unterleib ab. Der Junge drückte seinen Kopf gegen den Hals des Tieres und hörte es atmen, böse und mürrisch, im stampfenden Rhythmus der Hufe. Seine Knie umschlossen den aufgedunsenen Bauch, und seine unter dem Halse gefalteten Hände waren vom aus dem offenen Maul tropfenden Speichel feucht und glitschig. Er hatte die Augen geschlossen und sah in der Dunkelheit hinter seinen Lidern etwas noch Dunkleres auftauchen, herumwirbeln und wieder verschwinden.

Dann hielt das Tier an. Er rutschte über den Kopf und fiel zu Boden. Er schlug lang hin, mit der Wange auf den Strandhafer, und hörte seine Schwester schreien, ein heller Schrei, hell wie Silber.

Der Esel ließ den Kopf hängen, und seine Flanken hoben und senkten sich. Zwischen seinen Beinen baumelte eine schwarze Erektion, hob und senkte sich mit den Flanken. Der Schrei hallte im Kopf des Jungen wider, redete mit ihm, hell und silbrig wie das Spiegelbild der Sonne auf Meereswasser. Er rannte los.

Er lief schneller als der Esel. Er sah die grünen Dünen, dann den weißen Sand, dann das leuchtende Blau des Badeanzugs, dann einen braungebrannten Rücken. Er schleuderte Sandklumpen auf, als er sich auf diesen Rükken warf.

Unter seiner Hand spürte er die nackten Schultern. Dann spürte er, wie sich die Schultern drehten und ein kräftiger Körper ihn abwarf, fühlte etwas Heißes, Hartes an seinem Bauch. Beider Fäuste trafen das Gesicht des anderen, bis der Junge schwer getroffen wurde, einmal, zweimal, und sich beide nicht mehr rührten, als hätten sie es gemeinsam so beschlossen. Er blieb liegen, bis er sich des heißen harten Unterleibs des anderen bewußt wurde, da drehte er sich weg. Er sah zu seiner Schwester auf. Sie hatte ihren Kopf in die eine Hand gelegt und bedeckte mit der anderen die bloße Haut über ihrem Badeanzug. Er hörte Sand rieseln und wie der Kesselflickerjunge aufstand.

»Ich dachte, wir hätten getauscht.« Auf seinem schrumpeligen Mund war ein Blutfleck. Er beugte sich vor, als wollte er noch mal zuschlagen, änderte aber genauso schnell die Richtung seiner Hand und kratzte sich den Kopf hinter einem Ohr. Der Junge zuckte. Er grinste.

»Ich hab dich bloß in die Mangel genommen«, sagte er. Dann zog er seine rutschende Hose hoch und ging in Richtung Gras.

Dort angekommen, drehte er sich um.

»Meinen Esel siehst du nie wieder«, sagte er. Dann kicherte er unendlich sarkastisch. »Außer du hast noch 'ne Schwester.« Damit drehte er sich wieder und ging durch das Gras zum Esel.

Sie weinte, gab laute, tiefe Schluchzer von sich.

»Du sagst doch nichts ...?« fragte er.

»Und ob«, sagte sie. »Ich werd alles sagen ...«

Doch der Junge wußte, daß sie sich zu sehr schämte. Er hob ihr Badetuch und ihr Sonnenöl auf und ging. Seinen Haß hatte er vergessen. Er dachte an den Esel, an die sich schälenden Hände des Kesselflickers und an die Brüste seiner Schwester. Nach einer Weile drehte er sich um.

»Hör auf zu heulen, ja? Ist doch schließlich nichts passiert.«

Seine Hände waren feucht vom Speichel des Esels, und an dem Speichel klebte ein feiner Sandfilm. Als er die Finger bewegte, raschelte der Sand, flüsterte und sang.

Mr. Solomon weinte

Das Kind hatte Münzen gerollt, und die Autoskooter-Räder waren den halben Vormittag lang heißgelaufen, als Mr. Solomon eine Pause machte und sich ans Ufer stellte. Er stand an seiner üblichen Stelle, nämlich am Rand des Betonwegs, der dazu bestimmt schien, bis ans Meer zu führen, plötzlich und unerklärlicherweise jedoch im Sand verlief. Dort rauchte Mr. Solomon eine Zigarette, ließ sie zwischen den Lippen baumeln, so daß der Rauch über seinen dünnen Schnurrbart in die Nasenlöcher wehte. Sein Blick ruhte auf den halb im Sand versunkenen Betonbrocken. Beim Einatmen gab er ein leise schnarrendes Geräusch von sich.

Das Meer sah mitten am Tag warm und träge aus. Weiter unten am Strand wurde gerade ein großes Zelt aufgebaut. Mr. Solomon betrachtete die Leute am Strand, die Sonnenhungrigen und die Männer, die gerade die Zeltbahnen auspackten. Er trug einen braunen Anzug mit engen Hosenbeinen und breitem Revers, sein schmales Gesicht schien seit langem daran gewöhnt, Sonnenhungrige, Leute am Strand zu beobachten. Dann sah Mr. Solomon von den Menschen weg aufs Meer. Er nahm die Zigarette aus dem Mund, atmete ein und steckte sie zwischen die Lippen zurück. Für ihn war das Meer dunkelblau, hatte eher die Farbe der Mitternacht als die des Mittags. Und obwohl es flach, träge und warm aussah, war dieses Blau klar und scharf, und die Schärfe wurde von weißen Schaumkronen, die sich gelegentlich weit draußen auftürmten, noch unterstrichen. Mr. Solomon wußte, daß es sich dabei um weiße Pferde handelte. Doch heute erinnerten sie ihn an Spitzen, wie er sie sich am Hals einer Frau vorstellte, darunter ein wogender Busen, von marineblauem Tuch bedeckt. Einmal hatte er eine Werbung für Sherry mit so einem Foto gesehen. Er sah die Frau direkt unter dem Meer, direkt unter der glasblauen Schicht. Sobald er den Blick wieder auf den Horizont richtete, wurde das Meer flach und träge und wohl auch zu warm zum Schwimmen.

Mr. Solomon schaute auf und sah das flache Meer und den flachen gelben Strand. Ihm fiel das Kind ein, das er zurückgelassen hatte, es hatte etwas Mißmutiges und Unglückliches gehabt, wie der Junge einen Penny nach dem anderen in den Metallschlitz schob. Dann sah er, wie weiter unten am Ufer der große Zeltmast aufgerichtet wurde, und merkte jetzt erst, daß Renntag war. Und Mr. Solomon mußte wieder an den Zettel denken, ihm fielen die schmerzhaften Nächte des Befremdens ein, das eigenartige, sich allmählich einstellende Gefühl von Leere, das undenkbar gewesen wäre, bevor es passierte, und wie nachher irgendwie alles andere undenkbar geworden war. Jetzt zog er den Jungen an, ging einkaufen, und der Junge saß in der Ankleidekabine und glotzte auf die Seite mit den Rennberichten, während er mittags im Northern Star hockte und trank. Er dachte daran, wie seine Frau ihn am Renntag verlassen hatte, vor einem

Jahr. Wie er drei Tage vor den Rennen nach Laytown gekommen war, um von den Menschenmassen zu profitieren. Wie er am dritten Tag in den Wohnwagen hinter dem Schießstand gegangen war, doch da war niemand, auf dem Klapptisch lag ein Zettel. Die Nachricht war zwar fast unleserlich, aber einfach. »Bin mit Chas weg. Muß Dich jetzt nicht mehr hassen.« Er wußte noch, wie er sich gefragt hatte, wer Chas sein mochte, wie er auf dem ungemachten Bett gesessen und auf den Zettel gestarrt hatte, der im Laufe dieser ersten Nacht die Bedeutung einer Bahnfahrkarte in ein ihm bis dahin völlig unbekanntes Land angenommen hatte. Er hatte nämlich vor langer Zeit aufgehört, in Begriffen wie »Liebe« oder »Haß« von ihr zu denken, er hatte gearbeitet, seine dünnen Zigaretten gedreht, sie hatte die Buchführung gemacht, während er sich um die Einnahmen kümmerte; diese Worte waren wie die Worte »Schule« oder »Gott«, gehörten zu einer Botschaft, die nicht mehr wichtig war, ein weit entferntes Land. Und nun sah er den Zettel und dachte an die Welt, die für sie gelebt hatte, dachte an die zweite May, die May hinter der, die als erste neben ihm in dem vollgestopften weißen Wohnwagen aufgewacht war, die neben dem pfeifenden Kessel gesessen hatte, wenn er aufwachte; das war Chas' May gewesen – aber eventuell hatte da ja gar nicht Chas gestanden, sondern vielleicht Chad –, und der Gedanke, daß sie existierte, war für ihn eine schmerzliche Überraschung, Erstaunen über die May, die er nie gekannt hatte, Erstaunen über den Verlust von etwas, das er nie besessen hatte. Doch nach drei Tagen war die schmerzhafte Überraschung vergangen und hatte einem neuen Erstaunen Platz gemacht ... dem Erstaunen darüber, wie leicht das Undenkbare möglich wurde. Er merkte, wie einfach es war zu kochen, die Buchführung zu machen, die Autoskooterbahnen und den Schießstand zu kontrollieren. Der Junge half ihm, durch die Scheibe des Kassenhäuschens sah er dem Jungen zu, wie er die Spielautomaten leerte. Er blieb, als die Renntage zu Ende waren, er fand es zu mühsam, an einen anderen Urlaubsort weiterzuziehen, und überhaupt überflüssig, schließlich kam er jetzt mit weniger Geld zurecht. Auch nach der Saison zog er nicht weiter, er hockte den Winter über in der zugigen Spielhalle und verdiente mehr als genug, um weiter seine dünnen Zigaretten zu drehen. Die rostigen Spielautomaten wurden zum Treffpunkt der einheimischen Jugendlichen mit ihren mürrischen Mienen und pomadigen Frisuren, und er kam dahinter, daß es ihm fast genauso leichtfiel, sie zu vergessen, wie damals mit ihr zusammenzuleben. Zänkisch war sie gewesen, redete er sich ein, als die Erinnerung an sie verblaßte, oft hatte sie tagelang ihre Haare nicht gewaschen, und bald, binnen Jahresfrist, wäre sie zu dick geworden. So tötete er geschickt die Erinnerung an eine andere Sie ab, er vergaß die Nächte im Palais in Brighton, die Abende in den Ferienkneipen, ihre platinblonden Haare und das schwere dunkle Guinness in der Flasche (damals ein typisches Getränk für Damen), die sich zu ihrem lachenden Mund neigte.

Doch als er sah, wie sich der Zeltmast schwankend aufrichtete, mußte er plötzlich an sie denken, als wäre sie gestorben und der Renntag in Laytown ihr Todestag. Er sah die Schimmel vorbeirasen, sah, wie sich die Zeltplane um den Mast blähte, und mußte plötzlich an das Kleid denken, das sie ihr einziges gutes Kleid genannt hatte, mit seinen schäbigen Spitzenrüschen und dem Oberteil aus blauem Satin, dessen Nähte fast alle geflickt waren. Ihn überkam Trauer, ein stiller Gram, nicht gänzlich unangenehm. Von nun an dachte er an sie, als wäre sie gestorben, er dachte an die Frau, die mit ihm zusammengelebt hatte und tatsächlich gestorben war. Er stellte sich Blumen vor für sie, dunkle, blutrote Rosen, und fühlte sich trostlos und rein, als ob er irgendwie sich selbst und sein Bild von ihr reinigte, indem er ihres imaginären Todes gedachte.

Er zündete sich die nächste Zigarette an und machte auf dem Betonweg kehrt. Er begegnete einer Familie, die von einem weiter hinten stehenden Eiswagen kam, in den Händen die schon durchweichten Waffeltüten. Mr. Solomon sah, wie sie an ihm vorbeigingen, und spürte, daß er ein Geheimnis bewahrte, das vor ihnen sicher, absolut sicher war. Er hatte das Gefühl, in ihm brenne eine verborgene Flamme, die ihn verzehrte, während er äußerlich so blieb wie immer, der Rauch immer noch über dieselbe dünne Lippe wehte. Er kam an der grünen Wellblechhalle vorbei, die als Golfclub diente, und mußte daran denken, wie sie ihn jedes Jahr, wenn sie hierher kamen, dazu gebracht hatte, die Gebühren zu entrichten, und wie sie beide an einem Nachmittag langsam neun Löcher gespielt hatten. Wie sie sich danach gesehnt hatte, eines Tages ein ordentliches Mitglied in einem ordentlichen Club zu sein. »Aber wir bleiben ja nie lange genug an einem Ort, stimmt's, Jimmy, außer im Winter, wenn es zum Golfspielen zu naß ist...«

Mr. Solomon ging auf dem Betonweg fort vom Strand und dem emporwachsenden Zelt und spürte seine Trauer wie alten Portwein, stark und gereift. An der asphaltierten Straße angekommen, blieb er stehen, betrachtete die bröckelnde Fassade der Vergnügungshalle und die stumpfe Betonwand des Northern Star gegenüber. Nach kurzem Zögern ging er auf die messingbeschlagene Tür des Northern Star zu; bis sich seine Augen daran gewöhnt hatten, kam es ihm bei der gedämpften Beleuchtung und der Inneneinrichtung aus Holz und Messing so vor, als sei Nacht. Er bestellte einen Drink und sah den Barkeeper scharf an, bevor er den Schnaps kippte.

»Der ist auf meine Frau«, sagte er.

»Ich wußte gar nicht, daß Sie eine hatten«, sagte der immer freundliche Barkeeper.

»Auf ihr Andenken. Sie ist letztes Jahr gestorben.«

»Das tut mir leid«, sagte der Barkeeper. »Jährt sich heute ihr Todestag?«

»Ist am Renntag gestorben«, setzte Mr. Solomon an, doch der Barkeeper hatte sich diskret zu einem Gast am anderen Ende der Theke verzogen. Mr. Solomon blinzelte einmal, trank aus und allmählich erfaßte ihn Wut auf den höflichen Barkeeper. Er spürte, wie der Whisky seine Kehle hinunterrann, er spürte in sich etwas, das von der glatten Höflichkeit, der dezenten Beleuchtung der Hotelbar besudelt worden war. Er ging.

Draußen blendete ihn die Helligkeit so wie vorher die Dunkelheit. Mr. Solomon sah die schmale gelbe Straße hinunter. Sie war voller Menschen, und während Mr. Solomon sie beobachtete, verspürte er zum erstenmal einen Haß auf sie in ihrer Gesamtheit. Er spürte eine bösartige Uniformität in ihnen. Er sah sie lachen in ihrer Sommerkleidung. Er hatte das Gefühl, daß sie keine Ahnung hatten. Er kam sich vor wie ein Zahnrad in der Maschinerie des Urlaubs, der Urlaubsorte, irgendwie fühlte er sich als Sklave ihrer bunten Kleidung und ihrer Sonnenbräune. Er hatte nicht mehr das Gefühl, daß sie gestorben war, sondern daß er sie umgebracht hatte, daß unpersönliche Urlaubsfröhlichkeit sie beide versklavt hatte, ihn wie eine langsam fortschreitende Krebsgeschwulst hatte altern lassen und seine Frau vernichtet hatte. Jetzt spürte er die Trauer in sich brennen wie einen rauhen irischen Whisky. Er überquerte die Straße ein wenig schneller als gewöhnlich, allerdings war sein Gang, verglichen mit dem der anderen, immer noch schleppend. Er betrat den Pub mit dem schwarz-weißen Giebeldach.

An diesem Nachmittag konkurrierte seine Geschichte mit dem banjospielenden Kesselflicker, mit Biergläserklirren, mit der Erzählung über den Sohn des Straßenarbeiters, der hierher zurückgekehrt war und drei Kneipen aufgekauft hatte. Mr. Solomon schrie es, heulte es heraus, brüstete sich damit, niemand hörte zu, sein schmales Gesicht bekam etwas Wieselartiges, Leidendes, seine Augen wurden noch glasiger und seine Sprache undeutlicher, der Grund für seine Trauer wurde verschwommener und unbestimmter. Nachmittags um halb fünf Uhr war er einfach betrunken, er wußte bloß noch, daß es irgendwo irgendeinen Grund gab, traurig zu sein, zutiefst traurig, irgendeinen Schmerz, auch wenn er weder auf den Grund dafür kam, noch wußte, warum ausgerechnet er darunter leiden sollte. Warum nicht dieser Bauer aus Meath, der mit dem geröteten Gesicht und dem Tweedanzug, und schon wurde Mr. Solomon ausfallend, widerlich ausfallend, und man warf ihn raus.

Er ging wieder durch das grelle Tageslicht und trat in die Dunkelheit der Spielhalle. In der Ecke zu seiner Linken hörte er ein Rascheln und sah, wie der Junge schuldbewußt von der Peepshow-Maschine zurückzuckte. Mr. Solomon dachte an die halbnackten Starlets in ihren Stöckelschuhen und altmodischen Frisuren und wurde wieder böse. »Ich hab dir doch gesagt, du sollst nicht in die Nähe von diesem Ding gehen«, blaffte er. Der Junge schleuderte ihm einen obszönen Fluch entgegen, daß es ihm die Sprache verschlug. Er konnte ihn nur ansehen, mit seinem selbstgenähten Stoffanorak, seinen ungeschickt zu einer Tolle gekämmten Haaren, die hier und da hochstanden, seinem schmalen, unergründlichen Gesicht. Das Gesicht seines Sohnes, das neu für ihn war, weil er es noch nie gesehen hatte. Als er auf ihn zugehen wollte, merkte er erst, wie betrunken er war. Er sah, wie die Hand des Jungen zurückschnellte und einen Gegenstand warf. Er hob seine Hand, um sein Gesicht zu schützen, und spürte, daß etwas seine Fingerknöchel traf. Er hörte die Münze vom Betonfußboden abprallen und den Jungen in Richtung Ausgang laufen. Betrunken und schreiend lief er hinter ihm her.

Der Junge lief zum Strand. Mr. Solomon hinterher. Er

sah, von seinem trunkenen Lauf verzerrt, die Pferde über den Strand preschen. Er sah den Sandwirbel, den sie lostraten, den Gischtnebel, den sie aufwirbelten, wenn sie ins Wasser galoppierten. Er sah den Jungen zum Zelt rennen.

Mr. Solomon hörte eine Blaskapelle spielen. Er lief, bis er nicht mehr laufen konnte, dann ging er mit großen ungeschickten Schritten weiter, schlurfte durch den Sand. Die Holzblasinstrumente und Trompeten wurden deutlicher, je weiter er ging, wiederholten eine wehmütige Phrase, die bis runter an den Strand tönte. Dort traf Mr. Solomon auf eine Menschenmenge, die dichtgedrängt das Zelt umstand, und schob sich verzweifelt hindurch. Die Menschen kamen ihm vor wie eine Mauer, undurchlässig. Er fing an, laut zu stöhnen, und zerrte an den Leuten, um sich den Weg ins Zelt zu erzwingen. Er stellte sich vor, wie der Junge im Zentrum der Menge stand und auf einer hellen goldenen Trompete spielte. Er sah das präzise gebogene Schalloch der Trompete vor sich, die sich bewegenden Klappen, die ausdruckslosen Augen des Jungen. Er fing an zu fluchen, wollte sich wie ein Keil zwischen die Körper zwängen, hinter denen sich etwas Hoffnungsloses und Unausweichliches befand.

Dann spürte er, wie er emporgehoben, ein kleines Stück weit getragen und in den Sand geworfen wurde. Er hob das Gesicht, weinte in den Sand und sah, wie die Pferde unten am Wasser großflächig Gischt aufwirbelten. Irgendwo hinter sich hörte er lauten Jubel.

Night in Tunisia

In diesem Jahr mieteten sie wieder das grüne Haus. Sie war wieder da, älter als er und ein gutes Stück schamloser. Er sah sie auf den weißen Stühlen gegenüber vom Tennisplatz und dann wieder in den Dünen hinter dem Tennisplatz und wieder ein anderes Mal unten am fünfzehnten Loch, wo der Golfplatz an die Mündung des Boyne stieß. Er sah sie jedesmal in der Abenddämmerung, und in diesem eigenartigen Licht schien sie eine Ewigkeit lang zu schweben, ein schwebendes Schweigen ohne Ende, irgendwie vollgestopft mit Jahren. Sie mußte wohl siebzehn sein, jetzt da er vierzehn war. Sie war dicker, hatte etwas von einer ausgelaugten Frau an sich, aber auch noch immer von dem Mädchen, das Erwachsene unbesonnen nennen. Als wäre zwischen ihren Fingern eine Zigarette bis zum Filter abgebrannt, ohne daß sie es bemerkt hätte.

Sie war gerade erst angekommen, da hörte er schon, wie die Leute über sie redeten, und er erfuhr, daß die Handgelenke unter ihrer zerschlissenen Bluse gezeichnet waren. Über ein Mädchen wie sie wurde ohnehin geredet, weil ihr Vater, bei dem sie wohnte, trank und häufig eine ganze Weile drüben in England war. Weil sie in einem grünen Wellblechhaus wohnte. Nicht mal in einem Haus, eher einer Hütte, wie sie die Leute aus der Stadt bauten, um im Sommer Urlauber unterzubringen. Doch sie wohnte das ganze Jahr da drin.

In dem Jahr mieteten sie auch ein grünes Haus, auch eins aus Wellblech. Diesmal mieteten sie es für zwei Monate, sein Vater hatte nämlich seinen, wie er es nannte, letzten Auftritt, da in der Welt der auf drei Akkorde beschränkten Bands für Blechbläser wie ihn kein Platz mehr sei. Und diesmal waren die zwei Schlafzimmer anders verteilt, seine Schwester bekam nämlich das kleine, weil sie jetzt beim An- und Ausziehen allein sein mußte, während er sich mit seinem Vater das große teilte, in dem er vor zwei Jahren mit seiner Schwester genächtigt hatte. Jede zweite Nacht nahm sein Vater das Tenorsax und fuhr nach Mosley, wo er und sechzehn andere für ältere Pärchen spielten, die noch den Big-Band-Sound der vierziger Jahre kannten. Und er blieb mit seiner Schwester zurück, die immer weniger redete, je größer ihre Brüste wurden. Mit dem Altsaxophon, das er, wie sein Vater sagte, würde lernen können, wenn ihn die auf drei Akkorde beschränkten Ohrwürmer nicht mehr in ihren Bann schlügen. Mit der Gitarre, auf der er viel spielte, wie um dem Altsaxophon zu trotzen. Und mit dem verstimmten Klavier, auf dem er hin und wieder klimperte.

Wenn es auf das Blechdach regnete, sang das Haus, und er mußte an die Blechtrommel denken, die er bearbeitet hatte, als er noch jünger war. Als wäre er in ihr drin.

An den ersten drei Tagen spazierte er herum, seine Schwester steif und förmlich neben ihm. Durch die gesamte Anlage aus Wellblechhäusern zog sich eine asphaltierte Straße bis hin zum Tennisplatz. Sie war immer von verwehtem Sand bedeckt, und wenn sie durchgingen, stob der Sand auf. Einmal überholte sie sie auf der Straße; in ihrer bis zu den Knien reichenden gelben Strickjacke, die ihr Kleid bedeckte, falls sie überhaupt eins trug, sah sie wie ein zerzauster exotischer Vogel aus. Als er sie kommen hörte, blieb er stehen und drehte sich zu ihr um. Ihre Füße wirbelten weiter den Sand auf, ihre Augen nahmen ihn nicht wahr, sie waren aufgequollen und mascarabeschmiert. Er war gekränkt. Ihm fiel ein Nachmittag vor drei Jahren ein, als sie auf dem Golfplatz gelegen hatten, die Hitze, die unbeschwerte Nacktheit, das Gras an ihren drei Rücken.

»Warum hältst du sie nicht auf?« fragte er seine Schwester.

»Darum«, antwortete sie. »Darum, darum.«

Die Dämmerung wurde zur fixen Idee für ihn. Zwischen der Stunde nach dem Fünfuhrtee, wenn sein Vater ging, und der Stunde lange nach Einbruch der Dunkelheit, wenn sein Vater schließlich nach Hause kam, beobachtete er die Dämmerung, kostete sie wie ein Sakrament. Die Färbung des verblassenden Lichtes, das Blau, das in einen dünnen Strich weit hinter dem Meer gesaugt zu werden schien, den die Mathebücher Unendlichkeit nannten, und die wie ein Stein herabfallende Dunkelheit. Dann betrachtete er die langen Schatten der Dünen an den Gestaden und die langen Schatten der Pfosten, die die schlaffen Netze auf den asphaltierten Tennisplätzen hielten. Er beobachtete seine Schwester, wie sie unter den Augen der Jungen, die ein wenig älter als er waren, die Straße entlangging. Und da er sich in der Dämmerung und noch lange nach Einbruch der Dunkelheit draußen herumtrieb, stand er mit ihnen zusammen auf dem Grün hinter dem Clubhaus, wo ihre glühenden Zigaretten und ihr Gelächter durch die Dunkelheit stachen. Auf dem Klimperkasten im Clubhaus spielte er ihnen sämtliche Hits vor, was seine fehlenden Jahre wettmachte. Er spielte und beobachtete die anderen dabei, wortkarg, aus Angst, zuviel zu reden, und hörte sich die Witze und Sprüche an, die besonders schamlos wurden, wenn es um sie ging.

Er lachte mit ihnen, jenes dünne Lachen, das man abbrechen kann, kaum daß man damit angefangen hat.

In Ufernähe lag ein Floß, auf das sie vom Strand aus schwimmen konnten. Er hatte helle Haut und dünne Arme und keinen nennenswerten Adamsapfel, keine Haare lugten aus seinen Klamotten, dennoch zog er sich mit den anderen aus und schwamm raus. Sie verbrachten den ganzen Tag auf dem Ding, während die Sonne ihre Rücken bräunte und Harztropfen aus den Planken lockte. Wenn sie sich zuviel bewegten, bohrten sich Holzsplitter in ihr Fleisch. Darum lagen sie die meiste Zeit regungslos auf dem Bauch, die sporadischen Erektionen unter sich verborgen, und beobachteten, wie am Strand das Leben vorbeiflanierte.

Was er spielte, wurmte seinen Vater maßlos.

»Mich wurmt maßlos«, sagte er gelegentlich, »daß du so gut sein könntest.«

Doch er rächte sich, spielte immerzu die Musik und sang sogar die kitschigen Texte. *Some day soon*, sang er, *I'm going to tell the Moon about the crying game. And maybe he'll explain*, sang er.

»Warum sprichst du nicht mit ihr?« fragte er seine Schwester, als sie wieder mal an ihr vorbeikamen. Es war sieben Uhr, und es wurde dunkel.

»Darum«, sagte sie. »Darum nicht.«

Doch er wandte sich um. Er sah sie weiter hinten auf der Straße; ihre gelbe Strickjacke bauschte sich um ihre fetter werdenden Pobacken.

»Rita«, rief er. »Rita.«

Sie drehte sich um. Einen Augenblick lang betrachtete sie ihn ausdruckslos, dann lächelte sie, und ihr großer Schmollmund wölbte einladend die Lippen, wie immer, wenn ihr ein Junge nachrief.

Er saß an dem verstimmten Klavier. Das Licht verblaßte über dem Golfplatz, der Taschenbuchroman seiner Schwester lag umgedreht auf dem Holztisch. Er hörte sie in ihrem Zimmer, ihre Schuhe knallten gegen die dünne hölzerne Trennwand. Er hörte Baumwolle und Nylon rascheln, und als das Rascheln einen Moment lang nachließ, erhob er sich rasch vom Klavier und öffnete die Tür. Sie stieß einen Schreckenslaut aus und riß das Kleid von dem Haufen zu ihren Füßen, um sich zu bedecken. Er fragte sie wieder, ob sie sich erinnere, was sie verneinte, und vor Scham wurde sie so rot im Gesicht, daß sie ihm leid tat und er die Tür wieder schloß.

Das Meer bewegte sich wie Stoff, hatte aber die Textur von Glas. Es floß und wogte, glänzte aber hart und hell. Er dachte an Stoff und Glas und wie man beides kombinieren könnte. Ein Stoff aus Fiberglas oder eine Million gewobener Spiegel. Er sah, wie das Licht der Abenddämmerung allmorgendlich wiederholt wurde oder wie diese verkehrt herum ablief.

Er beschloß, sich nicht mehr um seine Schwester zu kümmern und sich ihnen anzuschließen, der Aufdringlichkeit, die sie sich aneigneten, die aus den Transistorradios drang und von der Musik verstärkt wurde. Und der merkwürdigen Melancholie des Erwachsenseins, das sie bald besteigen würden, um wie auf einer Honda loszubrausen, eine Straße mit Mittelstreifen entlang, sinnlos und unvermeidlich.

Wenn sein Vater einen freien Abend hatte, holte dieser sein Selmer heraus, den alten geliebten Talisman, das sogar noch mehr glänzte als an dem Tag, als er es gekauft hatte. Er setzte sich dann und begleitete seinen Vater, während der dastand und spielte – *That Certain Feeling, All the Things You Are* – die Stücke, die ihr Alter nicht verleugnen konnten, die Schnörkel und Extranoten, die bestimmt irgendwann etwas bedeutet hatten, die er aber einmal zu oft gespielt hatte und jetzt nicht mehr los wurde, weil er zu alt war. Und um seinem Vater einen Gefallen zu tun, schloß er die Augen und spielte, ohne zu wissen, wie oder was, und sein Vater brach ab und ließ ihn weiterspielen, hörte zu. Und gelegentlich schaute er auf und bemerkte jenen Ausdruck in den Augen seines Vaters, gequält, traurig und liebevoll, die Freude an dem, was er hörte, nur von dem Wissen getrübt, wie wenig es seinem Sohn bedeutete. Und wenn er diesen Blick seines Vaters auffing, ärgerte er sich und schlug absichtlich eine falsche Note an, um den Bann zu brechen. Danach überstieg die Trauer in dem Blick die Gequältheit, und dann tat es ihm leid, aber nie leid genug.

Bald merkte er, daß sie einander genausowenig trauten wie er ihnen, und das machte ihn etwas lockerer. Er gewöhnte sich an, sein Schweigen zu kultivieren. Sie hörten ihm beim Klavierspielen zu und fragten ihn nach seiner Schwester. Sie lagen auf dem Floß, beobachteten Frauen am Strand, sahen so intensiv hin, daß die vielen Gestalten am Ufer zu einer einzigen verschmolzen, unteilbar. Dann wurden die Sanddünen und sogar das leere Clubhaus überflüssig. Mit dem Gesicht nach unten lagen sie auf den warmen Planken, und die Sonne brannte ihnen mit schmerzhafter Trägheit auf die Rücken. Das Transistorradio, das sie in einer Plastiktüte mit hinüber gebracht hatten, plärrte unentwegt. Und gegenüber am Strand war sie, unteilbar, und selbst an den heißesten Tagen leuchtete ihre gelbe Strickjacke. Ihm fiel auf, daß sie seit seinem Eintreffen dicker geworden war. Unter ihnen auf den warmen Planken regten sich ihre Pimmel heftig. Sie, die das ganze Jahr über in dem Ferienhäuschen wohnte.

Das eine Schlafzimmer und die zwei Betten, das seines Vaters an der Tür, seines am Fenster. Die gewellten Blechwände. Der Mond wie Wasser auf seinen Händen, das Bett neben ihm leer. Dann ging die Haustür auf, das Geräusch, wenn der Saxophonkasten abgestellt wurde. Die Augen geschlossen, während sich sein Vater im Dunkeln auszog, ins Bett stieg, in langer Unterhose und Unterhemd. Der Körper, den er ein Leben lang gekannt hatte, alt und irgendwie geliebt, aber nicht wie sein Selmer, das glänzende. Mit dem Alter werden sie immer besser, sagte er über Musikinstrumente. Jetzt scharrte sein Atem durch die Luft, übertönte scharrend das Meeresrauschen, er schlief.

Der lange dürre Junge legte seinen Mund an die Öffnung des Parisers und pustete. Der blähte sich auf, riesig und unförmig, mit einer winzigen Blase an der Spitze.

»Jetzt kommt er auf Touren«, sagte der Junge.

Er hatte dunkles Kraushaar, dunkle rasierte Wangen und Unmengen winziger Pickel an den Stellen, wo er sich rasiert hatte. Die Pickel erstreckten sich von den Ohren abwärts, wie von einem Pfefferstreuer verteilt. Auch seine Augen waren dunkel und immer halb geschlossen.

»Wir lassen ihn nach England treiben«, sagte er, »damit er eine Muschi findet, die groß genug für ihn ist.«

Sie sahen zu, wie der Pariser auf den Wellen schaukelte, von der Brandung vor- und zurückgeschoben. Dann hob ihn ein Windstoß hoch und trug ihn mit sich fort; er fiel, touchierte die Wasseroberfläche und stieg wieder auf, die Blase an der Spitze gen Himmel gerichtet.

Er war vom Strand und dem nach England strebenden Pariser nach oben gegangen. Ihre gelbe Strickjacke hatte er schon von weitem auf dem Tennisplatz gesehen, über dem Ufer. Jetzt saß er auf dem weißen schmiedeeisernen Stuhl, die Hände zwischen seinen Beinen, und sah zu, wie sie spielte.

Sie stand fest auf einem Punkt, genau in der Mitte ihrer Hälfte, und sah den Gegner kaum an. Die Bälle schlug sie sauber, aber träge, und ihr Schläger gab jedesmal jenes straffe Doing von sich, das, wie er wußte, nur von einem guten Treffer herrührte. Er fand, wegen ihrer Lässigkeit, ihrer Leichtigkeit müßte ihr sogar ein völlig Fremder anmerken, daß sie das ganze Jahr über in einem Ferienort mit Tennisplatz wohnte. Die einzigen Anzeichen körperlicher Anstrengung waren die Schweißperlen um ihre Lippen und die wirren blonden Locken um ihre Stirn. Und wenn es ihrem Gegenspieler dann und wann gelang, einen Ball nahe der Seitenlinien zu plazieren, lief sie gar nicht erst hinterher. Sie ließ den weißen Ball kraftlos in Richtung Maschendraht hopsen.

Er beobachtete, wie der ihm unbekannte kleine dicke Mann für jeden gewonnenen Ballwechsel drei abgab. Er genoß das Schauspiel, daß ein dicker Mann in weißer Tenniskluft von einem gelangweilten Teenager in abgelatschten Stöckelschuhen geschlagen wurde. Dann sah er, wie sie den Blick nach oben richtete, ihren Schläger zu Boden warf und den Platz verließ.

Sie setzte sich neben ihn. Sie sah ihn nicht an, redete aber, als hätte sie ihn die letzten drei Jahre gekannt.

»Spiel du gegen ihn. Ich hab die Schnauze voll.«

Als er quer über den Platz ging, kam es ihm vor, als glühte sein Körper von der Hitze, die ihre leichte Berührung erzeugt hatte. Er hob Schläger und Ball auf, stellte einen Fuß hinter die weiße Linie und warf den Ball hoch, die Augen auf ihn gerichtet, wie er, weiß, schräg in den blauen Himmel stieg. Dann kam er herunter, und er hörte das volle Plopp, als sein Schläger den Ball traf und dieser auf die andere Hälfte wirbelte, doch dort nahm ihn niemand in Empfang. Er schaute auf und sah den dicken Mann mit ihr zu einem kleinen weißen Auto gehen. Der Dicke bedeutete ihr, sie solle einsteigen, und sie schaute sich noch einmal nach ihm um, ehe sie das tat.

Und er hätte schwören können, daß sie winkte, als der Wagen in Richtung Mornington brauste.

Als er ging, wurde das Pop-Pop der Bälle, wenn sie auf dem Boden aufkamen und ihr Doing, wenn sie die Tennisschläger trafen, immer schwächer. Er ging die Straße entlang, vorbei an den asphaltierten Plätzen und vorbei an den Grasplätzen und vorbei an den ersten Löchern des Golfplatzes, der die Tennisplätze T-förmig umgab. Er ging an etlichen rechteckigen Gärten vorbei, bis er zu seinem kam. Eigentlich war es kein Garten, sondern ein Viereck aus Sand und Bermudagras. Er ging durch das Törchen und über den Weg mit dem festgetretenen Sand bis zur grünen Wellblechtür. Er drehte den Knopf an der Tür, die nie abgeschlossen wurde. Er sah den kleinen quadratischen Raum, in den der Sand über die Türschwelle hineinwehte, das Klavier mit den über den Tasten thronenden Noten. Er dachte an die Mittagssonne draußen, durch die das Auto mit ihr auf dem Beifahrersitz fuhr, an die Schultern der Gestalt auf dem Fahrersitz. Die gekrümmten und dicklichen Schultern, die etwas Schamloses hatten. Er dachte an den Tennisplatz, an den weißen Ball, der zwischen ihrem und seinem Körper hin und her flog. Ihr Körper entspannte sich, wurde befreit und gelassen und bewegte den Schläger so, daß der Ball flog, wohin sie wollte. Sein Körper wurde unruhig, versetzte den ganzen Platz in Unruhe. Er spürte, daß etwas nicht stimmte, der gehorsame Ball, der laufende Mann. Er fragte sich, was sie verloren hatte, um diese Gelassenheit zu bekommen. Er dachte an all die Witze, die er gehört hatte, und an den Vorgang hinter den Witzen, den keiner dieser Scherzbolde je erlebt hatte. An die Anspielungen und bedeutungsschwangeren Worte, die den Noten glichen, die sein Vater spielte, den Melodien, die er spielen sollte, wenn es nach seinem Vater ging. An das satte volle Doing, wenn der Ball ihren Schläger in der Mitte traf.

Er sah oben auf dem Klavier das Altsaxophon liegen. Er nahm es herunter, stellte es auf den Tisch und öffnete den Kasten. Er betrachtete die Klappen, rief sich die ersten Unterrichtsstunden in Erinnerung, die ihm sein Vater gegeben hatte, als er es gerade gekauft hatte, vor Monaten. Die Klappen, Perlmutter auf Gold, waren nicht gedrückt und verstaubt. Er nahm das Befestigungsband heraus und fixierte das Rohrblatt im Mundstück. Dann schob er es sich in den Mund, setzte die Finger an und blies. Die Note klang hart und kindisch, als hätte er nie spielen gelernt. Er hörte, wie sich im angrenzenden Zimmer etwas rührte, und wußte, daß er seinen Vater geweckt hatte.

Rasch legte er das Instrument zurück und eilte in das winzige Bad. Er schloß leise die Tür hinter sich und stellte sich vor, wie sich das graue Unterhemd seines Vaters vom Bett dem Licht der nachmittäglichen Sonne entgegenreckte. Er schaute in die Spiegeltür des Medizinschränkchens. Sein Gesicht blickte ihn im Spiegel an, ein ängstlicher, kurzer Blick. Dann sah er, wie sein Gesicht allen Mut zusammennahm und ihn unverwandt musterte, die braunen Augen und das schmale, zarte Kinn. Und dann sah er sich so direkt in die Augen, wie sie ihn anschauten.

»Du hast gespielt«, sagte sein Vater im Wohnzimmer, hemdsärmelig, ungekämmt, wie immer nachmittags, »auf dem Altsaxophon ...«

»Nein«, gab er auf dem Weg zur Haustür zurück, »das hast du geträumt.«

Und auf dem Floß erzählte der dicke asthmatische Junge, der mehr als jeder andere von dem Schauspiel am Badestrand besessen war, mit seiner traurigen Lispelstimme »davon« und rauchte dazu Zigaretten, so daß er beim Luftholen noch mehr keuchte. Er hatte Klassifikationen erstellt, so strikt wie Differentialrechnugnen, ausgeklügelt wie Algebra. Es gebe, so sagte er, Mädchen und Frauen, und dazwischen das, was er eine Dame nannte; die Demarkationslinien seien präzise und unumstößlich.

Die Dame war mager und saß auf Badetüchern, hatte hochhackige Schuhe und Sonnenschutzmittel, aber keine Kinder. Die Frau war dick, hatte Wolldecken dabei und hängende oder pralle Brüste sowie Kinder. Dann gab es noch Mädchen, in seinem Alter, dünn, dick oder mittelschwer, mit Nylonstrümpfen oder Socken...

Er lag bäuchlings auf dem warmen Holz, hörte dem dicken Jungen zu und sah sie am Ufer entlanggehen. Ihr lässiger, achtloser Gang war, so befand er, das alles oder nichts von alledem. Sie trug flache, an den Fersen niedrigere Schuhe, keine Strümpfe und die vertraute Strickjacke, die das verbarg, womit sie sich hätte eingruppieren lassen. Sie ging zu einer vom Floß aus strandabwärts gelegenen Stelle und entrollte das Badetuch, das sie unter dem Arm trug. Dann trat sie die Schuhe weg, zog ihre Strickjacke aus und wand sich aus dem darunter verborgenen Kleid. Sie legte sich auf das Badetuch, in dem gelben Badeanzug, der zu jugendlich für sie war, durch den sich ihr Körper abzeichnete wie ein Schmetterling, der kurz davor war, seinen Kokon abzustreifen. Dann nahm sie eine Flasche zur Hand und verteilte die Flüssigkeit über die unbedeckten Teile ihres trägen Körpers.

Er hörte den dicken Jungen über sie reden – er war auch von hier –, über ihren Vater, der, wenn er mal wieder in der Gegend war, besoffen nach Hause kam, Steine gegen das Blechdach schmiß und »Huhr« schrie.

»Was heißt das?« fragte er.

»Nichts weiter«, sagte der Junge. »Reimt sich auf Uhr.«

Vom Floß aus beobachtete er sie wieder, ihren schlaffen Bauch, ihren Kopf auf den Knien. Er sah, wie sie den Kopf hob und träge in Richtung Floß schaute; daraufhin erhob er sich und reckte, wie er sich vorstellte, unter ihrem Blick seinen Körper. Er machte einen Kopfsprung, sein Leib bildete sich ein, in der Luft zu schweben, bevor er auf das Wasser traf. Unter Wasser hielt er die Luft an und schwamm durch die winzigen Bläschen, die wie Viertelnoten vor seinen offenen Augen tanzten.

»Wie hast du sie vorhin genannt?« fragte er den dicken Junge, als er wieder zum Floß zurückschwamm.

»Huhr«, antwortete der dicke Junge lauter.

Er schaute zum Badestrand und sah sie auf dem Rükken liegen, die etwas plumpen Oberschenkel gen Himmel gereckt, die Hände schützend vor den Augen. Dann schwamm er seitlich ans Floß, packte das Holz mit der einen und den Fußknöchel des Jungen mit der anderen Hand und zog. Der Dicke platschte ins Wasser, ging unter, und als sein Kopf wieder auftauchte und asthmatisch nach Atem rang, drückte er ihn wieder nach unten, obwohl er nicht wußte, was Hure bedeutete.

Als er nach Hause kam, reinigte sein Vater gerade das Altsax. »Was bedeutet Hure?« fragte er seinen Vater.

Sein Vater hörte auf, das Befestigungsband hineinzudrehen, und sah ihn an, der alte Begleitmusikerblick, überrascht und ein wenig moralisch.

»Eine Frau«, antwortete er, »die ihren Körper um finanziellen Gewinn verkauft.«

Er schwieg ein Weilchen. Er begriff nicht.

»Das ist eine Tautologie«, sagte er.

»Was ist das?« wollte sein Vater wissen.

»Es wiederholt sich«, antwortete er und ging auf die Toilette.

Er hörte durch das Geräusch abfließenden Wassers das Radio knistern, und er hörte eine Salve von Noten, die aus dem abfließenden Wasser zu kommen schienen und ihn verblüfften; eine Salve von Noten, so viel schneller als sein Vater je gespielt hatte, aber insgeheim dennoch langsam, melancholisch, wie ein Fluß. Er kam aus der Toilette, stand da und hörte mit seinem Vater zu. Wer ist das, fragte er seinen Vater. Dann hörte er den Radioansager den Namen Charlie Parker nennen, und sein Vater starrte auf irgendeine Stelle zwischen dem Holztisch und den Holzdielen des Ferienhauses.

Später spielte er im Clubhaus auf dem verstimmten Klavier sämtliche Songs, die trivialen Mythen, deren Bedeutung er nie in Frage gestellt hatte. Er schien sich mit den Fingern durch seine Jahre zu tasten, und während er spielte, vergaß er nach und nach die Melodien all dieser Abschiede und all des Herzeleids, ließ sich von seinen Fingern führen, wohin sie wollten, versuchte wie ein Fluß zu klingen, so wie er es eben gehört hatte. Ohne daß er es bemerkt hätte, war es dunkel geworden, und als er die Tasten schließlich nur noch als Fragezeichen im Dunkeln erkannte, hörte er auf. Er hörte hinter sich ein Geräusch, das Geräusch eines Menschen, der zugehört hatte, aber nicht wollte, daß er es mitbekam. Als er sich umdrehte, sah er, daß sie ihn musterte, schwarz in dem Licht, das durch die Tür fiel. Ihr Blick ruhte auf seinen Händen, die noch immer die Tasten herunterdrückten, und irgendwo in der Luft lag ein winziges harmonisches Summen. Ihre Augen, leer und spröde, richteten sich auf sein Gesicht, begegneten seinem heißen, angespannten Blick. Er erinnerte sich noch an den rauhen Stoff der karierten Decke, die über ihnen lag, über allen dreien, an das Gras unter ihnen. Doch das taten ihre Augen nicht, weshalb er überallhin sah, nur nicht auf die Augen, auf ihr kleines zusammengedrücktes Kinn, das unterhalb von ihrem großen Gesicht lächerlich aussah, auf das unter ihrem Hals ausgefranste gelbe Leinenkleid, auf ihre Beine, die fast schwarz waren von der vielen Sonne. Die kleinen Härchen darauf glänzten in dem Licht hinter ihr. Dann schaute er hoch, und ihr Blick traf sich immer noch mit seinem, und er ließ die Finger auf den Tasten liegen, damit der Ton nicht verklang.

Er war wieder mal draußen in den Dünen, ohne zu wissen wie, und traf dort den dünnen Jungen. Er setzte sich mit ihm dorthin, wo man sie nicht sah, nahm ein Kondom aus der Tasche und masturbierte zwischen den Büschen. Er sah, wie die Flüssigkeit von dem antiseptischen Material eingefangen wurde, wie der Sand daran klebte, als der dünne Junge damit warf, genau wie an Spucke.

Er ließ den dünnen Jungen zurück und ging zum Strand hinunter, wo nun keine glänzenden Körper mehr lagen.

Er sah zum Himmel auf, an dem das Licht verblaßte, wie ein dünner Silberdraht. Er kam zu der Stelle, wo der Strand in eine Flußmündung überging. Dort stand eine Statue, eine ihre dürren Finger dem Meer entgegenrekkende Jungfrau Maria, die Füße mit Entenmuscheln bedeckt. Fischer warfen an der Mündung ein Netz aus. Er konnte schwach den Rand des Netzes erkennen, an dem sie zogen, und gelegentlich blitzten weiße Lachse auf. Und als das Boot das Netz zur Küste zog, sah er, wie das Wasser von blitzenden Leibern aufgewühlt wurde, wie sich der lockere silbrig-weiße Schwarm in einen keuchenden Haufen offener Kiemen verwandelte. Er sah, wie sich das Netz dann schloß, wie die Fischer es heraushoben, das Wasser herausströmte, die Lachse nackt dalagen, klebrig, eng aneinandergepreßt, feucht, ein wenig wie gekochter Reis.

Er stellte sich vor, wie die über den ganzen Strand wie Abfall verstreuten glänzenden Körper in so ein Netz gezogen wurden. Er stellte sich vor, wie sie unter ihnen war, um sich schlagend, um Platz kämpfend und nach Luft schnappend, er hörte Transistorradios *Da Doo Ron Ron* plärren, er sah Sonnenmilchflaschen bersten und splittern, als der Fischer dort droben kräftiger zog. Er stellte sich dessen Gesicht wie das eines Rettungsschwimmers vor, dunkle Koteletten um den muskulösen Kiefer und um den Hals baumelnd ein Megaphon, das knisterte.

Er sah, daß das dünne Lichtband verschwunden war; nur noch ein Leuchten hinter dem Meer war geblieben. Er fürchtete sich, zwang sich aber, nicht zu laufen. Und so ging er in raschen staksigen Schritten an der entenmuschelbesetzten Jungfrau Maria vorbei und das Ufer entlang.

»Einmal Anfassen mit Kleidern an – zehn Shilling. Ohne Kleider ein Pfund.«

Sie spielten auf dem Floß Siebzehnundvier. Er beobachtete den Strand, wo die Körper dichter gedrängt lagen als Lachse. Als er die Sätze hörte, sprang er auf und trat die Dreckskarten ins Wasser. Im Schaum sah er die Herzkönigin mit dem Gesicht nach oben treiben. Als sie sich auf ihn stürzten, sprang er ins Wasser und schwamm ein paar Züge.

»Fotzen«, schrie er aus dem Wasser. »Fotzen!«

Am Strand wehte der Wind feinen trockenen Sand über den Boden, zeichnete damit Strudel, eine Sandflut.

Seine Schwester stellte die Tassen auf den Tisch, und sein Vater machte beim Essen lange Pausen zwischen den einzelnen Bissen. Die Hand seines Vaters hielt inne, das Brot zitterte in der Luft, als wolle er etwas sagen. Er sah die Brüste seiner Schwester über eine Schüssel Äpfel hinweg an, halbreife Früchte. Die Äpfel stammten von Mönchen, die einen Obstgarten hatten. Am anderen Ende der Felder, hinter dem Haus. Er stellte sich vor, wie die Hand eines Mönches nach der ungepflückten Frucht griff, sich weiß von der braunen Mönchskutte abhob. Denn Mönche nahmen keine Sonnenbäder.

Als er fertig war, stand er vom Tisch auf und tippte lässig ein paar Noten auf dem Klavier an.

»Warum spielst du das?« fragte sein Vater. Er saß immer noch am Tisch, zwischen zwei Bissen.

»Ich weiß nicht«, antwortete er.

»Mich wurmt maßlos«, sagte sein Vater, »daß du gut sein könntest.«

Er spielte noch ein wenig von der idiotischen Melodie, von der er nicht wußte, warum er sie spielte.

»Wenn du bei mir Unterricht nehmen würdest«, sagte sein Vater, »wärst du später froh.«

»Warum wartest du dann nicht bis später und bringst es mir dann bei?«

»Weil du jung bist, im richtigen Alter. So gut wie jetzt lernst du nie wieder. Nie wieder wirst du etwas so fühlen wie jetzt.«

Er fing wieder an zu spielen, aus Trotz, und hörte dann auf.

»Ich zahle dir etwas dafür«, sagte sein Vater.

Sein Vater weckte ihn, als er gegen vier heimkam. Er hörte den pfeifenden Atem und die schlurfenden Schritte. Er sah, wie der Raum von dem grauen, metallischen Licht erfüllt wurde, das ihn gestern abend verlassen hatte. Er dachte an das Angebot seines Vaters, ihm etwas zu zahlen. Er dachte an die Frauen, die ihre Körper um finanziellen Gewinn verkauften. Er stellte sich vor, wie sie alle in der Morgendämmerung auf dem Golfplatz in ihren taunassen Kleidern erwachten. Er stellte sich Fairways vor, die voll von ihnen waren, und wie kleine

Wassertröpfchen ihre finanziellen Körper bedeckten. Ihr morgendliches Geplauder wie Vogelgesang. Wo war dieser Golfplatz, fragte er sich. Er kroch aus seinem Bett, in seine Kleider und aus der Haustür, ganz leise. Er überquerte die Straße und kletterte über den Drahtzaun, der die Straße vom Golfplatz trennte. Er ging etliche Fairways entlang, über etliche Grüns, vorbei an etlichen flatternden Fähnchen, die ganze Zeit über mit der Vorstellung im Kopf,wie sie schlafend und durchnäßt auf einem Grün lag, etliche Pfundscheine in der geballten Faust. Am vierzehnten Grün sah er, daß aus der stumpfen metallischen Farbe allmählich Morgen geworden war, ein richtiger Morgen. Er machte sich auf den Rückweg, die Füße taunaß.

Er trat durch die grüne Wellblechtür ein und legte eine Schallplatte des Mannes auf, dessen Musik er zum erstenmal zwei Tage zuvor gehört hatte. Der Mann spielte *Night in Tunisia*, und das Netz aus Noten trat an die Stelle des Netzes, das sich um seinen Schädel gespannt hatte. Die Noten stiegen auf und sanken, lösten die Welt um ihn herum auf, bildeten eine Reihe von Bögen, die auf einen Ort zu zeigen schienen, oder vielleicht nicht auf einen Ort, sondern auf eine Gemütsverfassung. Er schloß die Augen, ließ sich von der Musik erfüllen und versuchte, diesen Ort zu sehen. Er sah eine Landschaft voll kleiner Hügel vor sich, die sich unendlich weit erstreckte, in gelbes Licht getaucht, das wie Wasser zu schwappen schien. Er kam zu dem Schluß, daß es ein Ort war, an dem man sich immer befand, den man aber ständig zu erreichen versuchte, auf den man stets zuging, ohne ihn je zu erreichen, da er immer neben einem war. Er öffnete die Augen und überlegte, wo sich Tunesien im Atlas befand. Dann hörte er auf zu überlegen, griff nach oben auf das Klavier, holte das Altsaxophon herunter und stellte es auf den Tisch. Er öffnete den Kasten und sah es im Licht glänzen, neu und unbenutzt. Er wußte, daß er seinen Vater weckte, ihn aus dem einzigen bißchen Schlaf rüttelte, das er bekam, doch das machte ihm nichts, weil er sich die Freude seines Vaters vorstellte. Im selben Augenblick hörte er, wie der Vater sich im Schlafzimmer regte, sah ihn mit wirren Haaren eintreten, während er sich das Hemd überzog. Sein Vater setzte sich und lauschte mit ihm den Lauten, die die Welt auflösten. Danach drehte sein Vater die Lautstärkeregler runter, nahm seine Finger, legte sie auf die richtigen Klappen und sagte, er solle blasen.

An diesem Tag lernte er die ersten vier Klappen bedienen, und als sein Vater sein eigenes Instrument nahm und nach Butlins arbeiten ging, brachte er sich selbst noch ein paar andere bei. Als sein Vater um zwei Uhr morgens zurückkam, spielte er immer noch. Er ging im Zimmer an ihm vorbei, keiner von beiden sagte etwas, doch er spürte die Freude seines Vaters, greifbar, deutlich. Er spielte weiter, während sich sein Vater im Schlafzimmer auszog, und als er schlief, stellte er es weg und ging zur Tür hinaus, über die Hubbel des Golfplatzes bis hin zum Ufer, das noch immer feucht war von der Wärme dieses unglaublichen Sommers.

Er vergaß das Floß und das Siebzehnundvier und die Redeweise des dürren Jungen. Tagelang blieb er im Haus und übertrug mühsam jede Notenkombination, die er auf dem Klavier gekannt hatte, auf die Metallklappen. Er verlor seine Bräune, und rasch wurde der goldene Glanz des Instruments stumpf vom Schweiß, dem Schweiß, den seine Finger in dem heißen Metallzimmer aussonderten. Er legte seinen Mund um das Rohrblatt, bis die Geräusche, die er erzeugte, zu einer Art der Rede wurden, einer Rede, die zwar sein Mund formte, die aber aus dem Knoten seines Magens, der Krümmung seiner Beine entsprang.

Während er spielte, hörte er Stimmen, und manchmal klopfte es an die Tür. Doch er drehte dem offenen Fenster und der Sicht auf den Golfplatz den Rücken zu. Irgendwo, dachte er, gibt es einen Golfplatz, wo die Körper frei erhältlich sind, wo sie nicht um finanziellen Gewinn ...

Zweimal unterbrach er seine Tätigkeit. Einmal ging er quer über die Felder zu der Apfelplantage, wo die Mönche mit weißen Fingern Obst pflückten. Er saß auf einer halbzerfallenen Mauer und beobachtete, wie die Schatten der Apfelbäume dunkler wurden und verblaßten. Eines anderen Abends ging er wieder an die Stelle des Ufers, an der es in die Flußmündung überging. Er betrachtete das lachslose Wasser und stellte sich vor, wie der Rettungsschwimmer dort droben durch sein Megaphon rief. Er stellte sich vor, wie die Kindheit von ihm abfiel, sich von seinen Handflächen löste wie Schuppen von einem Fisch. Er schaute nicht auf, sondern hinab auf seine Finger, an deren Spitzen sich Hornhaut bildete, wo sie die Klappen berührten.

Und dann, zehn Tage nachdem es begonnen hatte, blickte ihm aus dem Spiegel ein älteres Gesicht entgegen. Seine Haut war blasser, sein Kinn eckiger, weniger gerundet. Um halb drei stand sein Vater auf und spielte die Anfangstakte von *Embraceable You*, und anstatt einzufallen, während sein Vater spielte, spielte er, und sein Vater fiel ein. Und dann spielten beide, schnell, mit so etwas wie gemeinsamer Wut, alle seine Lieblingssongs durch bis in den Bereich, wo es keine Melodien gibt, nur Muster wie Wasser, die treiben und nie zur Ruhe kommen, und sein Vater stellte sein Instrument weg und legte mehrere Pfundnoten auf den Tisch. Er nahm sie, legte den Kasten oben aufs Klavier und trat durch die grüne Tür ins Freie.

Es war fünf Uhr, als er die Straße neben dem Golfplatz entlangging, wegen der Sonne mit zusammengekniffenen Augen blinzelnd. Neben dem Tennisplatz kam er ans Ufer, doch es war schon zu spät, der Strand war leer, und es war keiner mehr auf dem Floß.

Auf dem Rückweg brannten die Pfundnoten in seiner Tasche, und der dicke Junge kam ihm mit zwei Tennisschlägern unterm Arm entgegen. Der dicke Junge fragte, ob er spielen wollte, und er sagte: »Ja.« Sie hatten sich endlos lange Ballwechsel geliefert, als der dicke Junge sagte: »Hast du schon gehört?« – »Was gehört?« fragte er, und da erwähnte der dicke Junge ihren Namen. Er erzählte ihm, wie der Rettungsschwimmer sie diese Woche schon zweimal gerettet hatte, und zwar an einer Stelle des Strandes, die zu nahe am Ufer lag, um dort aus Versehen zu ertrinken. Er schlug den Ball in Richtung dicker Junge und stellte sich ihren Körper in den Armen des Rettungsschwimmers vor, dessen Mund auf ihrem Mund, wie er den Atem in sie pumpte. Dann sah er sie auf dem schmiedeeisernen Stuhl sitzen, diesmal in einem grünen Kleid, wie sie sich deutlich von dem weißen Metall abhob. Die Pfundnoten pochten in seiner Hosentasche, doch er fand nicht den Mut, das Spiel abzubrechen und zu dem Stuhl zu gehen. Lustlos und mit leerem Blick folgten ihre Augen dem Ball, der hin- und herflog. Allmählich wurde das Licht grau, fast so grau wie der Ball, so daß er schließlich nur noch am Klang merkte, wo der Ball aufkam, und sie die Hälfte der Volleys verschlugen. Doch sie saß immer noch auf dem weißen Stuhl, die Augen auf den Ball gerichtet, während er hin- und herflog. In ihm stieg eine Welle der Hoffnung auf. Er würde ihr von dem Ort erzählen, sagte er sich im stillen, würde er aufhören und zu ihr gehen. Doch er wußte, daß es nie völlig dunkel wird, und vielleicht würde er nie aufhören und sie sich nie von dem weißen Stuhl erheben.

Er schlug den Ball weit über dem Kopf des dicken Jungen in den Maschendraht. Er ließ den Schläger auf den Asphalt fallen. Er ging auf sie zu, sah ihr direkt in die Augen, so daß er gezwungen war, etwas zu sagen, falls ihn der Mut verließ. Komm mit rüber zu den Dünen, würde er sagen. Er würde ihr von dem Ort erzählen, doch daran, wie sie den Kopf hielt, glaubte er zu erkennen, daß sie schon Bescheid wußte.

Sie hob den Kopf und öffnete den Mund, ihre Antwort war schon da. Sie bewohnte diesen Ort, war bereits da, ihr geöffneter Mund bereit wie für den Rettungsschwimmer, als er seine Hand auf ihren Magen legte, erst das Salzwasser rausdrückte, dann seine Lippen auf ihre Lippen legte und blies.

Haut

Die seltsamen Phantasien, mit denen wir unsere Tage bevölkern; soeben hatte sie sich mit dem Messer in den Finger geritzt, und zwischen den Blütenblättern aus aufgeplatzter Haut quoll Blut hervor. Es kam in einem einzigen großen, immer größer werdenden Tropfen. Bis sich ihr distanziertes Gesicht in dem Dunkelrot spiegelte.

Dabei hatte das Messer ihren Zeigefinger verfehlt. Es hatte um den dreckigen Ansatz des abgehackten Stengels herumgeschnitten und zerteilte nun die Knolle in winzige Würfel. Ihre Augen tränten. Aufgeplatzte Zwiebelstückchen bespritzten sie mit Saft, lockten Tränen hervor, vernebelten ihre Sicht auf die emaillierte Spüle. Diese Spüle war, obwohl sie durch ihre Tränen nur verschwommen sah, ebenso greifbar gegenwärtig wie noch gestern.

Wie die Zwiebel sie getäuscht, hinters Licht geführt hatte, ließ ihr keine Ruhe. Schicht auf Schicht hatte sie abgeschält und erwartet, eine Mitte zu finden. Eine Art Dreh- und Angelpunkt, von dem sie sagen könnte: Hier hören die Häute auf, hier fängt die Zwiebel an. Statt dessen eine endlose Abfolge von Schichten, unter jeder kam eine kleinere geballte Faust zum Vorschein, bis sie schließlich in Bedeutungslosigkeit endeten. Embryonisches, zellartiges Gewebe, das den Anschein erweckte, ein Kern zu sein. In Wirklichkeit die gleichen Schichten, nur noch dünner. Ach, seufzte sie fast enttäuscht, während sie die Handvoll Zwiebelwürfel auf dem Abtropfbrett betrachtete. Die nahm sie in beide Hände und schüttete sie in die Schüssel. Sie wusch sich die Hände, um das ölig-feuchte Gefühl, den beißenden Geruch loszuwerden. Dann drehte sie der Spüle den Rücken zu und betrachtete geistesabwesend den Küchentisch.

Sie hatte eine Schürze, eine Art Kittel. Darauf blühten Blumen, Spielzeugelefanten tollten auf den Hinterbeinen herum. Der Halsausschnitt war spitzenbesetzt, sie hatte ein zu einer Schleife gebundenes Band hinten sowie eine große Tasche vorn, in die sie ihre Hände stecken oder an der sie sich die Finger abtrocknen konnte. Darüber befand sich ihr ereignislos adrettes und ein klein wenig unansehnliches Gesicht. Sie trug Hausschuhe mit hohen Absätzen und einen zu engen BH. Weil das unbequem war, konnte sie die eine Schulter nicht ruhig halten. Wenn man sich ausruhte, fiel einem so etwas auf. Sie ruhte sich aus. Erholte sich von den gewürfelten Zwiebeln, Möhren und Fleischbrocken und den ganzen Kartoffeln auf dem Abtropfbrett; von den schwarzweißen Pfefferdosen auf dem Regalbrett darüber.

Auf der Seite, wo die Spüle war, hatte der Raum zwei Fenster. In der gegenüberliegenden Wand war ganz oben, gleich unter dem Dach, eine Reihe kleiner ungeteilter Fenster eingelassen. Durch das große Fenster neben ihr fiel die Mittagssonne. Ihr kam es so vor, als sei sie selbst die Strahlenquelle. Wenn sie auch nur ihre Schulter bewegte, entstanden kleine Wellen aus Licht und Schatten auf dem Tischtuch. Es war blaues Licht, das die blaue Kücheneinrichtung reflektierte. Hier war nämlich alles blau, die Speisekammertür, die Anrichte; die Wände waren mit satter Emulsionsfarbe gestrichen, die Schattierungen reichten von zartem Entenei- bis Kobaltblau. Und es war ein milder Tag Anfang September, der Himmel hatte noch einen Anflug vom versengten Zinnoberrot des Augusts. Das Bild der Jungfrau Maria zog an ihren leeren geistesabwesenden Augen vorbei. Sie hob die Hand an die Haare und sah das Licht durch die Finger fallen. Sie dachte an die Statue in der Diele: Plastikhände, von jeder gingen fünf Plastiksonnenstrahlen aus, die auf die Füße, die Schlange, die Wasserschale zeigten. Mutter Gottes.

Sie hatte die ersten Takte einer Melodie gesummt. Sie brach ab, als sie sich unvermittelt wieder der Spüle, dem Fenster, der im Freien hängenden Speckschwarte – Spatzenfutter – zuwandte. Sie hackte das Fleisch zu akkuraten Würfeln, die sie samt Gemüse in einen Kochtopf warf. Den Topf stellte sie auf eine kleingedrehte Kochplatte. Dann wusch sie sich erneut die Hände. Ihnen haftete immer noch der Zwiebelgeruch an. Bleiche, von der Hausarbeit kräftige Hände, ein wenig aufgedunsen um die Gelenke und um die Stelle, wo der angelaufene Verlobungsring das Fleisch einschnürte. Sie massierte jeden Finger einzeln, schnell und ein wenig zu fest, als ob sie sich von ihnen irritiert fühlte, ihnen etwas entlocken wollte. Ihre verlorene Frische.

In der Spüle eine Handbreit Wasser, in dem sich etwas spiegelte – zwei einander liebkosende Hände, ein in der schlammfarbenen Flüssigkeit treibendes Gesicht, von

Kartoffelschalen überlagert. Sie nahm das Messer und tauchte es ein, wischte es mit bloßem Daumen und Zeigefinger sauber. Und wieder sah sie es ... Blut quoll hervor, in großen dunkelroten Tropfen. Doch ihre Finger hatten keine klaffenden Wunden. Das Messer tauchte sauber wieder auf.

Dann zog sie den Stöpsel heraus, hörte das Gluckern, kratzte mit den Fingern die Dreck- und Zwiebelhautreste zusammen. Sie trocknete ihre Hände ab und ging mit dem Handtuch ins Wohnzimmer.

Dort standen ein modernes Sofa mit niedriger Rückenlehne, zwei alte zerschlissene Sessel und eine mit Illustrierten beladene Musiktruhe. Sie nahm auf dem Sofa Platz, ließ sich gegen die mit Kissen gepolsterte Seitenlehne sinken. Sie drehte am Radio herum, schaltete es an, hörte ein penetrantes Geräusch und schaltete es sofort wieder aus. Die Stille fiel ihr auf; draußen schilpte ein Spatz, der sich an die Speckschwarte klammerte. Gleich darauf wurde sie wieder von Unruhe gepackt, blätterte die Illustrierten durch, schlug ungeduldig die Seiten um.

Eine Hausfrau kurz vor der Lebensmitte. Ihre Miene teilnahmslos, wie nicht anders zu erwarten. Geistige Leere, die das Leben in der Vorstadt mit sich bringt, die gleiche Leere, die sehr wahrscheinlich im Nachbarhaus herrschte. Doch sie war eine irische Hausfrau, und wie überall in den irischen Vorstädten hielt auch sie die Erinnerung an eine halb bäuerliche Herkunft frisch und lebendig. Das galt vor allem für ihren Umgang mit dem örtlichen Metzger. Sie feilschte, ohne sich um irgendwelche Anstandsregeln zu scheren. Über die Kindheit sprach sie mit beinahe religiöser Ehrfurcht, dachte dabei an die leidenschaftliche Unschuld ihrer eigenen. Und obwohl sie eine ordentliche Hausfrau war, machte rigide Ordnung sie ungeduldig; sie hatte eine Schwäche für Unvollendetes.

Und das Bedürfnis nach dem inneren geheimen Leben war immer noch in ihr lebendig. Völlig unerwartet machte es sich bemerkbar. Ein Liedfetzen, den sie ein, zwei Takte lang summte, dann abbrach. Ein Tagtraum. Sie rutschte hinein, wie ein Selbstmörder sich in einen stillen Kanal gleiten läßt. Für ein paar zeitlose Augenblicke wurde sie schwankend davongetragen. Die Rückkehr nahm sie kaum wahr. Und gelegentlich übermannte sie eine beängstigende Mischung aus religiöser Leidenschaft und Schuld, die an eine Art schmerzhafte religiöse Ekstase grenzte; es war das Bedürfnis nach, die Befähigung zu Lebenserfahrungen von religiöser Intensität ... und da diese fehlten, stellten sich schwere Schuldgefühle ein. Bei solchen Gelegenheiten fiel ihr alles Rote und Blutähnliche auf, alles Blaue oder Helle, jedes Licht auf Schatten.

Doch wenn sie gefragt worden wäre, wie sie lebte, hätte sie geantwortet: glücklich. Und wenn sie gefragt worden wäre, was Glück bedeutete, hätte sie nicht einmal versucht, eine Antwort zu geben.

Sie ertappte sich dabei, wie sie den Illustriertenstapel durchwühlte und eine Zeitschrift suchte, die sie gestern gelesen hatte. Sie erinnerte sich an einen Artikel über die Gewohnheiten schwedischer Hausfrauen. Da gab es welche, die fuhren zwischen zwei und vier Uhr nachmittags von zu Hause fort aufs Land, wo sie sich Männern hingaben. Das geschah in einem Feld, unter einem Baum, in einem Auto. Und anschließend ordneten sie ihre Kleider und kehrten nach Hause zurück, wo der Timer am Herd auf Null stand und das Abendessen fertig gekocht war. Das hatte sie beim ersten Durchblättern gründlich angewidert. Doch irgend etwas in diesem Artikel hatte sie dazu gebracht, ihn zu Ende zu lesen. Vielleicht die Vorstellung von einem versteckten Garten, der heimlich aus den nachmittäglichen Stunden entstand und in dem in unvorstellbarer Freiheit Blumen wuchsen.

Jetzt empfand sie diesen Zwang wieder. Ihr fiel der Name des Blattes ein, »Weekend« hieß es, und sie nahm eine Zeitschrift vom Stapel. Sie schlug die Mittelseiten auf. Dort stand die fette Überschrift, in vulgären schwarzen Lettern: »SÜNDIGER NACHMITTAG EINER SCHWEDISCHEN HAUSFRAU«. Dazu ein Foto: Eine Frau stand neben einer Baumgruppe auf einer kleinen schattigen Landstraße. Aus einiger Entfernung beobachtete sie ein Mann. Ein geparktes Auto.

Sie klappte das Heft sofort zu. Es hatte sie wieder angewidert. Doch sie blieb sitzen, lauschte dem Motorengeräusch der Autos drüben auf der Straße, ihre Finger trommelten ungeduldig auf das hölzerne Radiogehäuse. Etwas an dem Foto zog sie an. Die Sonne, das leuchtende Grün des Laubes. Der dunkle raubtierhafte Rücken des Mannes. Nicht das Billige, das erregend Obszöne. Das nicht.

Dann begab sie sich zur Haustür. Ihr Tweedmantel hing in der Garderobennische. Draußen säumten reihenweise Stare die Telegrafenleitungen. Reglose schwarze Lanzenspitzen, die gelegentlich hektisch flatternd aufflogen, um gleich darauf wieder zu landen und sich in die starre Ordnung einzureihen. Auch in ihr herrschte dieser erwartungsvolle Stillstand, in ihren trommelnden Fingern, flatternden Flügeln gleich. Sie war ein Star. Die plötzliche, ungewollt ausbrechende Rastlosigkeit. Die tierhafte Erinnerung an ein pulsierenderes, vollkommeneres Zuhause als ihres. Das Ursprüngliche, das brennende Verlangen nach Lebendigkeit.

Auf dem Weg durch die Diele, zur Haustür hinaus, trommelten ihre Finger unablässig. Als sie den Schlüssel im Zündschloß drehte, schien es, als werfe das Surren des Motors dieses Trommeln zurück.

Vor ihr lag Howth und befriedigte ihr verzweifeltes Bedürfnis nach weiten, offenen Landschaften. Schlanke speerartige Pappeln zogen links an ihr vorüber. Bis zum Platzen knorrig verwachsene Eichen, Eschen und Holunder mit vom Straßenstaub verfärbten Herbstblättern. Mechanisch fuhr sie weiter. Sie bemerkte die ihr entgegenkommende Autoschlange kaum; nur die Erde zu ihrer Rechten, heute eine stumpfe Metallplatte. Dahinter, als durchstoße er mit einer riesigen Hand den Horizont, der Hügel von Howth.

Ihr Zeigefinger tippte immer noch auf das Lenkrad. Beim Gemüseputzen war der größte Teil des Nagellacks abgeblättert. Heute achtete sie nicht darauf. Ein Auto schwenkte auf ihre Spur und wieder zurück. Einen Augenblick lang sah sie sich vor ihrem inneren Auge als blutbeschmierte Puppe in einer zersplitterten Windschutzscheibe baumeln. Sie atmete tief durch und hielt die Luft an, die Lunge drückte wie ein Ballon auf ihre Brüste.

Sie bog auf einen Damm ab, der über Marschland zum offenen Meer führte. Sie stellte den Motor ab und ließ sich Zeit, um den Schock der Stille zu überwinden. Dann öffnete sie die Tür, stieg aus, ihre Finger trommelten auf das Metalldach.

Geräusche, möglicherweise sich aufrichtendes Gras oder herumkrabbelnde Insekten. Das zischende Plätschern der Flut aus dem Marschland, seiner Kette von Kanälen. Doch jetzt, da sie angekommen war, wußte sie nicht recht, was sie eigentlich hier wollte. Was sie »damit« anfangen sollte... als sei die Szenerie vor ihr eine Art Ware. Es lag an der Stille. An der alles umfangenden Stille.

Sie lief von der Autotür zum Ende des Damms, ein Versuch, die Gelöstheit zu erlangen, die ihr vorschwebte. Dort ging es steil nach unten, dann folgte das auf die Flut wartende Watt. Doch sie empfand nichts. Nur das Gefühl, ein stehendes unbeholfenes Etwas zu sein, umgeben von Gräsern, die krochen, und Gezeiten, die flossen. Sie kam nicht auf die Idee hinzufallen, sich ebenso platt zu machen wie sie, von Kreuzkraut und Seetang rauhe Wangen zu kriegen. Sie ging weiter.

Am Horizont fuhren Schiffe, sehr wahrscheinlich Tanker. Als sie durch die Dünen ging, sah sie Hasen hüpfen. Sie sah die schwache, aber noch spürbare Sonne. Eine einzelne Lerche schraubte sich sonnenwärts in den Himmel. Am Strand angekommen, sah sie ein friedliches

Ufer, das sich in beide Richtungen in herbstlichem Dunst verlor. Es war menschenleer.

Bei jedem ihrer Schritte wirbelte sie Sand auf. Sie hatte die falschen Schuhe an – Pumps mit hohen Absätzen. Überflüssig, dachte sie und zog sie aus.

Das Meer verblüffte sie, als sie es erreichte. Wogend wie kochender grüner Marmor. Und nach der gestrigen Springflut auch noch sehr hoch. Mehrere Meter weit draußen entstand eine Dünung, die sie in kleinen Wellen erreichte. Jede einzelne Welle erhob sich wie etwas Festes; von weißem Schaum gesäumt, versandete sie genau in dem Moment, als die Frau glaubte, von ihr umschlossen zu werden. Aufbäumen, schäumen, dann der Rückzug. Das Meer reflektierte die kalt glitzernde Sonne. Sie spürte Gischt auf der Wange. Naß, eiskalt, so fühlten sich Kirchenböden, grüne Altargeländer an.

Sie entschloß sich, im Wasser zu waten. Sie sah sich um, entdeckte aber nur weit draußen einen schwarzen Punkt, vielleicht ein Hund. Und so öffnete sie ihren Mantel, raffte den Rock, rollte ihre Strümpfe herunter. Sie wollte am Rand bleiben.

Sie warf die Strümpfe samt den Pumps an eine Stelle, wo sie ihrer Meinung nach vor der sich nähernden Flut sicher waren. Sie ging ins Wasser, genoß die winzigen, gegen ihre Knöchel schwappenden Wellen. Bald waren ihre Füße blau vor Kälte. Sie dachte an ihren Kreislauf und gelobte, nicht lange drin zu bleiben. Aber wie erfrischend das war! Die saubere salzige Nässe, die mittlerweile bis an die Unterschenkel reichte! Das hatte mehr verdient als nur ein kurzes Herumwaten. Und bald war sie bis zu den Knien drin, der Saum ihres Rocks wurde klatschnaß. Die ihre Beine umspülenden grünen lebendigen Strömungen, die Bäche weißen Schaums umgaben sie wie ein Brautkranz. Sie zog ihren Rock hoch, wie es junge Mädchen tun, und stopfte ihn unter ihren Schlüpfer, so daß sie wie ein Renaissancefürst aussah, und an den Beinen spürte sie die kalte wilde Hemmungslosigkeit von Wind und Gischt. Eine Welle nahte, größer als die anderen, und umspülte ihr Bauch und Oberschenkel, nahm ihr den Atem. Was für ein Gefühl, frisch und schmerzhaft, eisig kalt und brennend! Doch es war zuviel, befand sie. In ihrem Alter, im leeren Meer den Rock gerafft!

Als sie sich umdrehte, sah sie am Ufer einen Mann stehen, bei Fuß einen naßschwänzigen Cockerspaniel, der in einem Tropfenwirbel umhersprang. Sie erstarrte. Er hatte sie gesehen, das stand für sie fest, auch wenn seine Aufmerksamkeit jetzt dem Hund neben ihm galt. Sein beigefarbener Mantel und seine dunklen pomadigen Haare versetzten sie in tiefe Panik. Diese Schande, dachte sie, und sah sich hektisch nach ihren Strümpfen und Schuhen um.

Doch das pausenlos anbrandende Meer mußte sie in ihrem Innersten berührt haben. Sie machte nämlich folgendes, sie drehte sich um, dem Meer zu, stakste mit vorsichtigen großen Schritten durch dessen Tiefen und dachte: Er sieht mich. Er sieht meine Beine, meinen hochgenommenen Rock, und durch den vom Salzwasser durchnäßten Stoff zeichnet sich deutlich meine Taille ab. Er ist erregter als ich, schließlich ist er ein Mann. Und dann war da ein Pochen, es pulsierte durch ihren Körper und besagte: Das muß es sein. Das ist der verborgene Sinn des Meeres, des Lebens. Und sie blieb stocksteif stehen, das Meer kitzelte ihren Unterleib, ihr Blick war unverwandt auf den Tanker am Horizont gerichtet, der so weit weg war, daß sein Schornstein ein Pinselstrich am Himmel zu sein schien, sein Umriß wie aus Pappe geschnitten aussah. Das Meer um ihn her ist eine Million stumpf glitzernde Spiegel.

Doch sie irrte sich. Und als sie sich endlich umdrehte, sah sie, wie sehr sie sich irrte, denn der Mann war nur noch ein kleiner werdender Umriß, so wie das Schiff, der Hund neben ihm ein hektisches schwarzes Knäuel. Und sie dachte: Tja, auch darin habe ich mich geirrt.Sie ging auf das Ufer zu, beladen mit dem Wissen um die Tage, die von ihr abfielen wie die Schichten einer Zwiebel, ihr Rock und die Unterhose schwer von der Wasserlast.

Ihre Seele

Ich hab meine Frau verloren«, sagte der Mann.
»Und ich hab meine Seele verloren...«

Sie lehnte sich rücklings gegen das Geländer. Der Mann schwankte, als er nach unten kam, und verschüttete seinen orangefarbenen Drink auf ihr Kleid. Doch das Kleid hatte ein Muster, breite waagerechte Streifen wie bei einem Kreisel, und sämtliche Streifen waren in verschiedenen Orangetönen gehalten, darum sagte sie nichts. Schwankend hielt die Frau sich an dem Geländer fest und fragte sich, wie ihre Seele so einfach hatte verschwinden können.

Sie war nicht so verschwunden, wie es sich gehörte, als flöge ein silberner Vogel auf und ließe sie als Hülle zurück, wie ein glitzerndes Flugzeug. Sie war aus ihr herausgeglitten, als sei sie selbst ein Glas und die Seele die Flüssigkeit, als sei sie zu voll gefüllt gewesen, war die Seele an ihrer feuchten Seite heruntergetropft. Und da sie immateriell war, war sie verschwunden, geschmolzen wie Eis, ohne ihr die Gelegenheit zu geben, sie zu schnappen oder »Komm wieder her« zu rufen. Na ja, dachte die Frau.

Musik drang aus dem unteren Zimmer, wo auch der wilde Partylärm herkam. Mit der Hand glättete sie die feuchte Seite ihres heliotropen Kleides.

»Meine Seele«, murmelte sie dem grauen Anzug mit dem gelockerten Schlips zu, der die Treppe heraufkam.

»Meine unsterbliche Liebe«, sagte er, und sie fragte sich, ob er sie aufzog oder ob das eine Einladung war. Sie erkannte scherzhafte Bemerkungen nicht mehr. Als sie nach unten auf die Treppe schaute, sah sie die breiten Schattenbalken und die breiten Lichtbalken und dachte, wie leicht ihre Seele durch einen von ihnen hätte rutschen können. Hindurchschleichen hätte sie können, das gerissene Ding. Ihr Blick folgte den dunklen Treppenstufen, hüpfte mit ihnen bis zum Kleiderschrank am unteren Ende. Dort hingen Mäntel, wie gemeißelt und reglos. Schwere Falten und Schatten. Aber ja, entschlüpft ist sie, dachte die Frau, so wie ein Schatten wegschlüpft, wenn die Sonne verschwindet. Und nun sah sie in jedem Schatten und jeder Stoffalte eine Einladung, eine Tür, hinter der die Schattenwelt lag, durch die man schlüpfen und schweben, wo man körperlos und rein sein konnte, wie aus einem Reagenzglas tretendes Gas, nicht schwer und taumelnd wie in dieser Welt des gleißenden Lichts. So ist es, dachte sie.

Plötzlich wackelten und kreisten die Schatten, und die sahneweißen Wände wurden abwechselnd dunkel und hell, und sie dachte schon, ihr würde der Segen zuteil, die Schattenwelt betreten zu dürfen, in der vielleicht ihre Seele war. Doch dann sah sie, daß über ihr auf der Treppe der Mann mit dem offenen Schlips gegen die Glühbirne tippte.

»Meine Seele«, sagte sie, weil sie dachte, auf einer Party müßte sie etwas sagen.

»Mein Schnurr- und Backenbart«, sagte er und tippte die Glühbirne an.

»Hören Sie doch auf damit.« Sie hielt sich die Augen zu.

»Verzeihung«, sagte er. »Nehmen Sie einen Schluck.«

Er streckte die Hand aus, hielt ihr ein Glas hin. Über den Haaren an seinem Handgelenk sah sie einen silbernen Armreif, außerdem eine weiße Manschette und einen grauen Ärmel. Am oberen Ende des Ärmels sah sie eine gelockerte Krawatte, einen dicklichen weißen Hals, braune Augen und einen lächelnden Mund. Die Augen musterten ihr linkes Ohr, und der Mund lächelte etwas in dessen Nähe an, über ihre Schulter hinweg.

Und als sie den Drink nahm, bildete sie sich ein, daß es so sein mußte. Ihre Seele war nicht heruntergetropft oder weggeflogen, sondern hatte sich an irgendeine Stelle hinter ihrer Schulter zurückgezogen, jene Stelle, die andere Leute fixierten und die vom Blick dieses Mannes bestimmt wurde, von seinen Augen, die ihr die Seele aus der Brust oder sonstwoher gerissen hatten, unter dem heliotropen Kleid hervor, wo sie intakt hätte liegen und pulsieren sollen; das hatte sie getan, weil sie dort sicher, weil sie dort weit weg war.

Die geballte Wut über den Verlust ihrer Seele durchfuhr sie so heftig, daß sie sich einbildete, sie irgendwie zurückbekommen zu können, daß ihre Seele irgendwie wieder auftauchte, wenn sie das Glas mit ihrer Hand gegen das Geländer schmetterte, daß der Schmerz, die aufgeschnittene Handfläche und die rot gezackten Glassplitter sie wiederauftauchen lassen würden.

Doch statt dessen nahm sie ein Schlückchen aus dem Glas, dachte, das würde sie wohl nie erfahren, war ja vielleicht auch besser, daß sie weg war, dann umspülte sie Gaumen und Zunge mit dem Whisky und überlegte, was sie sagen sollte.

Als geheilt entlassen

Als sie zurückkam, war sie so dünn wie noch nie. Sie war immer dünn gewesen, doch jetzt schien ihre Magerkeit allen Reiz verloren zu haben, ihr Mund wirkte enorm breit, sämtliche Knochen im Gesicht standen vor. Und wenn er sie ansah, dachte er nicht mehr an Liebe, sondern an Dinge wie notwendige Kameradschaft, reife Beziehung und dergleichen.

Wenn wir erst einmal das Haus haben, sagte er zu ihr, wird es besser. Und auf der Treppe legte er die Arme um sie und wußte, daß er sie wegen ihrer eigenartigen Magerkeit geheiratet hatte, die in jenem Jahr gerade modern gewesen war. Irgendwo in seinem Inneren spürte er eine diffuse Wut auf sie, weil sie ihren Vorrat an Schönheit hatte verkommen lassen, weil sie in demselben Tweedcape vor ihm stand, in dem sie gegangen war, wie eine schmale Birne mit glatten braunen Haaren obendrauf und braunen Augen, einem Hautoval von der Farbe matschigen Schnees. Er kam sich betrogen vor. Er kam sich auch tugendhaft vor, weil er sie in ihrer Unvollkommenheit annahm und sich nur ein wenig schämte. Und die ganze Zeit über, während sie auf der Treppe seine Arme um sich spürte, hatte sie sich das Haus rechteckig vorgestellt, wie alle Häuser sind, mit rechteckigen Zimmern und einer Rauhputzfassade. Und einem Garten. Ein Garten mußte sein.

Sie gingen die Stufen zum Hauseingang hoch und die Treppen hinauf, vorbei an den vielen Wohnungen zu ihrer eigenen. Sie hörte, wie die alte Frau über ihnen herumlief. Ist sie immer noch nicht gestorben? fragte sie ihn. Nein, flüsterte er und schien schockiert. Er sagte ihr, sie müsse sich nicht schämen, schließlich habe sie keinen Zusammenbruch gehabt, sondern nur etwas Ruhe gebraucht. Er fragte sie, wie es ihr ergangen sei, ihren Briefen habe er nicht viel entnehmen können. Sie antwortete, sie habe den Burren gesehen, und beschrieb die ausgedörrte Berglandschaft. Sie erzählte ihm von der Quelle der heiligen Brigitta und schilderte die lange Pilgerreihe, die sich den Berg hinaufzog, die verblichenen Heiligenbilder im Inneren der Grotte und die vier Krücken der Krüppel, die durch ein Wunder geheilt worden waren. Glaubst du das? fragte sie ihn. Glaubst du, daß sie geheilt wurden? Vielleicht, sagte er, waren sie gar keine echten Krüppel, oder die Heilung war psychosomatisch. Aber durch ein Wunder, wiederholte sie, nicht durch ein Wunder? Und in ihren Ohren hallte das Wort wider wie Posaunenschall, sie sah die biblischen Mauern fallen. Doch er antwortete nicht, er sah sie einmal rasch an, faßte sie dann an beiden Schultern und trat einen Schritt zurück, als wolle er sie zu etwas beglückwünschen. Es hat dir gutgetan, sagte er, und diesmal wird es besser. Stimmt's?

Sie hörte wieder, wie sich die alte Frau bewegte, und sah vor sich, wie sie ihren schmalen runzligen Kopf über das elektrische Heizgerät mit dem einen Heizstab beugte. Er hatte die Hände fallen lassen. Sie standen sich gegenüber, ohne einander anzusehen. Innerlich trat sie mehrere

Schritte zurück. Sie sah zwei Menschen in einem Zimmer mit drei weißen Wänden und einer orangefarbenen, mit blauen Sesseln, Drucken von Alt-Dublin und Reproduktionen von Postern. Von weit unten drang Verkehrslärm herauf. Wenn sie das als Filmszene gesehen hätte, wäre ihr klar gewesen, daß es sich um den vorletzten Akt irgendeiner häuslichen Tragödie handelte. Und sie wußte, wieder einmal würde es nicht gutgehen, sie konnte von diesem Ausschnitt auf das Ende schließen, doch es würde nicht tragisch scheitern, sondern irgendwie im Sande verlaufen, still und leise. Denn sie wußte, wenn sie sich selbst von außen betrachten konnte, als wäre sie jemand anderes, würde es nicht funktionieren, es würde nicht mal richtig weh tun. Und zu ihrem Erstaunen stellte sie fest, daß es sie nach Schmerz und Realität dürstete. Wie war das mit dem Haus? fragte sie. Es ist ein Schnäppchen, fing er an ...

Er sah zu, wie sie sich auszog, als frage er sich, ob sie auch unter der Kleidung so dünn sei. Das war sie, nur daß ihr Bauch jetzt deutlich heraushing. Sie trug die knapp sitzende mädchenhafte Unterwäsche, die ihn immer erregt hatte. Er sah ihr möglichst wenig ins Gesicht, um weiterhin erregt zu bleiben, konzentrierte sich statt dessen auf ihre flachen Pobacken und die vorstehenden Rippen. Er hatte sich vorgenommen, nicht einzuschlafen, er hatte sich vorgenommen, daß dies bleiben sollte, auch wenn alles andere verging. Er beschloß, daß ihr schlaffer Bauch auf ihre Körperhaltung zurückzuführen war. Er schaute ihr ins Gesicht und sah ihre Augen, unerträglich braun, und ihre glatten Haare. Komm, sagte er.

Sie war erstaunt, daß er wollte. Dafür war sie automatisch und romantisch dankbar, bis sie seine methodische Lust erkannte und merkte, daß ihm der Sinn nach Kindern stand. Sie war entschlossen, ihn zu enttäuschen, und blieb flach und stocksteif liegen. Er war enttäuscht, das wußte sie, doch sie hatte das Gefühl, von der Kuppel einer großen schweren Glocke eingeschlossen zu sein, durch die sie ihn betrachtete, wie er platt und bleich dalag und an die Zimmerdecke starrte. Hilf mir, sagte er. Versprich mir, daß du mir hilfst. Das kann ich nicht, sagte sie, wenn du mir nicht hilfst. Was soll das heißen? fragte er. Es heißt, daß es zwischen dir und mir eine Distanz gibt und daß niemand helfen kann. Niemand? sagte er. Sie schwieg. Sie stellte eine Gleichung auf, bestehend aus der Summe ihrer und der Summe seiner Bedürfnisse, aus der Kombination ihrer beider Fähigkeit zu geben und dem kleinen, hartnäckigen, allmächtigen Minus dazwischen. Dann schälte sie sich aus den Bettdecken und ging sich waschen. Morgen sehen wir uns das Haus an, hörte sie ihn sagen, und ihr fiel auf, daß er nicht mehr so unglücklich klang wie eben noch. Seine Stimme, die sie im Dunkel des Badezimmers hörte, klang vernünftig und zuversichtlich.

Als sie wieder ins Bett kam, murmelte er etwas und drehte sich auf die Seite, wandte ihr den Rücken zu. Er schlief tief und fest. Doch sie lag hellwach da und betrachtete die Ödnis der Zimmerdecke, dachte: Da komme ich gerade aus einer Gegend zurück, wo die Leute fünf Kilometer weit laufen, um die Wunderkrükken und die vergilbten Heiligenbildchen zu sehen, und er ... Hier brach ihre Überlegung ab, etwas Lähmendes, Bedeutsames, Beharrliches war im Weg. Und er macht was? dachte sie. Sie konnte weder loben noch verdammen oder hassen. Statt dessen fiel ihr wieder die Gleichung ein, die Summe dessen, was er und was sie gegeben hatte, ihre Gemeinsamkeiten und das lächerliche erbärmliche Minus, von dem alles, aber auch wirklich alles abhing. Sie dachte nach, wiegte sich selbst in den Schlaf, betete um mehr, um das wundersame Plus. Sie träumte von Fleisch. Sie träumte, daß sie mit ihm schlief, stocksteif dalag, während er schnell seinen Orgasmus bekam, und über ihnen hing der halbe Rumpf eines Schlachttieres, pendelte zwischen Decke und Fußboden. Hammelkeule oder Lendenstück? fragte sie sich. Jede Rippe war geschwungen wie ein zarter halber Bogen, ihr Weiß hob sich von dem roten Fleisch dazwischen ab. Am liebsten hätte sie ihn geschüttelt und gerufen: Guck dir das tote Fleisch an! Doch es hing über ihr, brachte sie zum Schweigen, glühend, hell leuchtend.

Am nächsten Tag fuhr er sie zu dem Haus, inzwischen eindeutig verärgert über ihr Schweigen und von ihrer gequälten Magerkeit immer mehr abgestoßen. Es lag in einem nördlichen Vorort, in der Nähe des Strandes von Portmarnock. Straßen zogen sich einen Hügel hinauf, das Meer konnte man nicht sehen, aber riechen, die nach dem Baukastenprinzip errichteten Häuser straften die Salzluft Lügen. Sie fuhren zu dem Haus und parkten gegenüber. Die Fassade war, wie sie sah, ein großes Rechteck, halb Backstein, halb Rauhputz. Was hältst du davon? fragte er. Sie nickte. Für unter acht Mille kriegst du nichts Besseres, sagte er. Sie reagierte nicht. Auf einmal haßte sie ihn wegen dieser Abkürzung. Sie betrachtete das Haus, das ebenfalls wie eine Abkürzung aussah, seine Form, seine Struktur. Warum ist es eckig, fragte sie, warum nicht rund? Ich will in einem runden Haus wohnen, mit einem kegelförmigen Dach, einem Dach wie ein Hexenhut. Sie lachte und hörte ihr Lachen seltsam durch das Auto hallen. Ihr fiel auf, daß seine Hände sich falteten und wieder voneinander lösten, jeder Finger in der passenden Vertiefung auf dem Plastiklenkrad. Da stellte sie das Lachen rasch ein. Doch in der Stille hallte das abgebrochene Gelächter wider.

Die beiden gingen durch das Haus, und sie sah, wie ihr Tagtraum bestätigt wurde. Durch die Diele, von wo aus die gerade Treppe in den ersten Stock führte, gingen sie in die stahlblitzende Küche. Sie verließen die Küche, gingen die Treppe hinauf, durch jedes Schlafzimmer und zurück in die Küche. Was hältst du davon? fragte er. Sie drehte ihm gerade den Rücken zu und spürte, wie sich die große Glocke auf sie herabsenkte, der Messingklöppel fiel so bedrohlich, wie sie es nur geträumt hatte. Sie wandte sich zu seiner Stimme um, seinem winzigen weit entfernten Stimmchen, und sah in seiner starren Miene das Entsetzen vor der Stille. Ihr Gesicht spiegelte sich in seiner Pupille wider, ihre hervortretenden spitzen Wangenknochen und der zu breite Mund. Sie hoffte inständig, der Klöppel werde seinen Posaunenschall ertönen lassen, da hörte sie ihn sagen: Wir sehen uns den Garten an.

Und sie sah ihn die Küchentür öffnen, absolut furchtlos. Durch die Tür sah sie den grünen Hügel von Howth Head, ein langes Stück Meer und einen dünnen, langgezogenen Schornstein aus grauen Wolken. Sie sah, wie sich sein eckiger Rücken vor dem Hintergrund des wüsten Meeres und der Wolke bewegte. Er bewegte sich auf die schäbige grüne Hecke am Ende des Gartens zu, wich den Hügeln zementfarbener Erde aus, schabte mit der Schuhspitze über den nachgiebigen Boden. An der Hecke angekommen, drehte er sich um. Und sie ging durch den leblosen Garten auf ihn zu, hätte ihm am liebsten erzählt, daß dieses Haus nichts mit Wundern und Posaunen zu tun hatte, wußte aber, daß sie schweigen würde. Vom Meer her wehte ein Wind, zauste die Hecke, seine Haare und ihren Faltenrock.

Baum

Zwei Dinge konnte er nicht: ein Auto fahren und allein aus einem Auto aussteigen. Daher saß sie am Steuer, als sie den Baum sah, sie war die ganze Woche gefahren. Er erzählte ihr gerade wieder irgendeine interessante Einzelheit über die zerbröckelnde Landschaft um sie her, die Landschaft mit mehr historisch bedeutenden Stellen pro Quadratkilometer als ... irgendwas über eine Frau, die um Mitternacht ihr Kind gebären sollte, sich auf einen Felsen hockte und das Kind bis zum Morgengrauen, eine günstige Stunde, zurückhielt, und seither hatte der Fels eine Delle und hieß Brigids ...

Sie sah den Baum aus vielleicht anderthalb Kilometer Entfernung, da sie auf einer sehr geraden, immer leicht ansteigenden Straße fuhren, und die niedrigen Schiefermauern zu beiden Seiten lenkten den Blick geradezu auf ihn. Es war Spätsommer, der Baum sah aus wie ein Weißdorn, und sie vergaß die Geschichte der Gegend und erinnerte sich plötzlich und deutlich an ihre Ferienreisen als Kind, wenn das alte Ford-Coupé über Landstraßen gefahren war und in den Hecken hier und da ein blühender Weißdorn auftauchte. Der stand dann in seiner ganzen Pracht da, flankiert von meterweise langweiligem Grün. Er blühte in einem satten, verblüffenden Sahneweiß und erinnerte sie an eine abrupt geöffnete Faust, deren Finger gen Himmel ragten. Das hatte sie unbeschreiblich entzückt, und jedesmal, wenn wieder ein Weißdorn vorbeihuschte, war ihr Kopf vor- und zurückgeruckt.

Plötzlich fiel ihr etwas auf, und sie trat voll auf die Bremse. Sie ruckte nach vorn und hörte, wie sein Kopf gegen die Windschutzscheibe stieß.

»Was soll…«, fing er an, dann betastete er seinen Kopf. Sie hatte ihn unterbrochen.

»Verzeihung«, sagte sie, »aber sieh dir mal diesen Baum an.«

»Hier gibt es keine Bäume.« Mit den Fingern hatte er seine Stirn abgetastet und eine Beule entdeckt. Jetzt war er ungehalten. »Dies ist eine Kalksteinlandschaft.«

Sie streckte den Zeigefinger aus. Sein Blick folgte ihrem Finger, und dabei legten sich seine Augenwinkel in Falten.

»Tja, da steht also wirklich ein Baum.«

»Es ist ein Weißdorn«, sagte sie. »Er blüht.«

»Das ist unmöglich«, sagte er. Sie pflichtete ihm bei.

Bei dem Gedanken, daß es unmöglich war, wurde ihr heiß, stieg eine kindlich warme Begeisterung in ihr hoch. Sie spürte, wie die vom Tritt auf das Gaspedal steifen Muskeln in ihren Beinen glühten. Das Unmögliche möglich, dachte sie. Sie wußte, daß diese Redewendung nichts bedeutete. Ihr fiel eine Oper ein, in der Blumen aus einem Spazierstock wuchsen. Sie dachte an den Tod, der alles möglich macht. Sie betrachtete das schmale teutonische Gesicht neben sich, so perfekte Gesichtszüge, daß es ein wenig deformiert wirkte.

»Aber er ist weiß, oder?«

»Dann«, entgegnete er, »kann es kein Weißdorn sein.«

»Aber er ist weiß.«

»Wir haben Ende August.«

Sie ließ den Motor an und fuhr weiter. Sie dachte an seinen perfekten schmalen Körper neben ihr im Bett, wie anziehend sie ihn immer wieder fand. Sie dachte daran, wie sehr er laute Geräusche verabscheute, an seine Angewohnheit, im Hintergrund, im Schatten zu stehen und doch scheinbar vorzutreten. Sie dachte daran, wie seine Schwächen zu Stärken wurden, mit einer Raffinesse, die vielleicht in seiner Schwäche wurzelte. Sie dachte daran, wie oft sie darüber geredet hatten, über jede nur vorstellbare Veränderung ihrer Beziehung, vorteilhaft und unvorteilhaft, über jede nur mögliche emotionale Variante von Verachtung bis Angst, da man solchen Dingen nur ihre Gefährlichkeit nimmt, indem man darüber redet. Langsam fuhr sie das Auto die leichte Steigung hinauf, die paar Meter bis zu dem Pub, wo sie haltmachen wollten.

»Es ist doch möglich.«

»Was denn?«

»Alles ist möglich.«

Er wollte wissen, ob sie denn jetzt reingingen.

Sie öffnete ihre Tür, ging um den Wagen herum und hielt ihm die Tür auf. Sie wartete, bis er sein gutes Bein ganz aus dem Auto gehoben hatte, und hielt dann seinen Arm, bis er das Gleichgewicht fand und das steife Bein nachzog.

Sie sah zu, wie er die Straße überquerte, und staunte

wieder einmal, wie ihm seine Steifheit, wenn überhaupt etwas, eine Art spröde Eleganz verlieh. Er erreichte die Tür des Pubs und trat ein, ohne sich umzusehen. Dann blickte sie die Straße hoch, die hügelaufwärts einen Bogen beschrieb, und sah in der Ferne abseits der Straße den Baum. Er war immer noch weiß. Unwahrscheinlich weiß.

Nach der Helligkeit draußen war es im Pub finster. Er saß an der langen Theke und trank ein Glas Bier, neben sich ein weiteres Glas und eine Flasche Tonic. Hinter der Theke stand eine Frau mit einem dunklen westirischen, von einer Brille mit Stahlrand verunzierten Gesicht. Sie redete gerade, beantwortete ihm offenbar eine Frage.

»Cornelius O'Brien hat in dem unteren gewohnt«, sagte sie. »Dem haben mehr gehört als allen anderen zusammen. Ein großer Besetzer.«

»Besetzer?«

»Ein Besetzer von Jurys ... mit den eigenen Leuten«, sagte sie, als wäre es ein offizieller Begriff.

Er beugte sich vor, seiner Miene nach erpicht darauf, die nächste Frage zu stellen. Sie ließ sich auf dem Hocker neben ihm nieder. Dann schenkte sie sich Tonic-Water ein und fragte sich, warum er ihr immer das bestellte. Sie hatte wohl einmal erwähnt, daß sie es gern trank, wußte aber nicht mehr, wann. Früher, so erinnerte sie sich, hatte sie Whiskey getrunken, jetzt Tonic. Und irgendwann dazwischen hatte sie sich verändert.

»Warum hast du mir das bestellt?« unterbrach sie.

Er sah erstaunt auf, lächelte dann, ein vages Lächeln. »Weil du es immer trinkst.«

»Früher habe ich Whiskey getrunken.«

Die Fältchen um seine Augen verdichteten sich.

»Das weiß ich noch. Ja, warum hast du damit aufgehört?«

Sie trank wortlos, kramte in ihrer Erinnerung, lauschte seinen weiteren Fragen über die Burgruinen. Die Frau antwortete, redete, wie Kinder in Worten reden, die sie nicht verstehen. Die Formulierungen, die sie benutzte, um die toten Bewohner dieser Burgen zu beschreiben, klangen wie Litaneien, die im Lauf der Jahre zu ihr durchgesickert waren und früher einmal etwas bedeutet haben mußten. Während ihr Mund die vergessenen Sätze sprach, reinigte sie mit leerem Blick ein Glas.

Sie selbst starrte auf das Eis in ihrem Tonic. Sie sah zu, wie es langsam schmolz. Sie dachte über Formulierungen nach, die entweder den Anflug einer ursprünglichen Bedeutung beibehalten oder nach einer Bedeutung tasten, die sie vielleicht haben. Dann fiel ihr plötzlich und nachdrücklich ein, wie Whiskey schmeckte. Golden und ätherisch füllte er nicht nur die Zunge, sondern den ganzen Mund.

»Weißdorn«, sagte sie, laut, aus heiterem Himmel, als stellte sie etwas fest.

Die Frau hörte auf, das Glas zu putzen, und sah sie an. Er legte die Hand um sein Glas und sah sie an.

»Kommen Sie von weit her?« fragte die Frau.

Er nannte eine hundertfünfzig Kilometer weiter östlich gelegene Stadt.

»Wirklich ganz schön weit«, sagte die Frau. Dann sah sie von ihm zu ihr. »Und sie fährt?«

Sie sah, wie sich seine Hand fest um das Glas schloß. Sie erinnerte sich an den Geschmack von Whiskey. Sie sagte: »Er hat ein schlimmes Bein. Zwei Dinge kann er nicht: aus einem Auto aussteigen und ein Auto fahren. Aber sonst ist alles in Ordnung. Hab ich recht, John?«

Er war schon unterwegs zur Tür. Sie kramte in ihrer Tasche nach fünfzig Pence. Da sie keine fand, legte sie ein Pfund auf die Theke.

Er stand neben der Autotür.

»Warum konntest du dein Plappermaul nicht halten?«

»Warum hast du mir ein Tonic bestellt?«

»Du bist unmöglich.«

»Nichts ist unmöglich.«

»Steig ein.«

Sie fuhr. Während sie fuhr, beschimpfte er sie mit wohlüberlegten unflätigen Worten. Sie wußte, daß er so weiterfluchen würde, langsam und sadistisch, ohne eine ihrer Körperöffnungen auszulassen, bis seine Wut verraucht war. Und so fuhr sie weiter, den Blick auf das Leuchten weit oben neben der Straße gerichtet, das einer überraschten Faust glich, die ihre Finger in den Himmel reckte, das leuchtende Weiß eines Würfels. Je näher sie kam, desto mehr schien es vor ihren Augen zu schwimmen, sich auszudehnen, zu explodieren und doch behielt es sein kompaktes Weiß. Beim Fahren hörte sie ihrer beider Atem, ihren eigenen so schnell wie ein laufendes Tier, seinen langsam wie ein Tier, das auf der Stelle treten muß. Dann schien das Weiße ihr Blickfeld ganz auszufüllen, und sie hielt an. Sie betrachtete den Stamm unterhalb der weißen Farbe und das lange Feld zwischen ihm und der Straße. Dann sah sie ihn an.

Er weinte, und durch die Tränen sah sein Gesicht schöner aus als je zuvor.

»Ich liebe dich«, sagte er.

»Ich gehe«, sagte sie.

»Wieder?« fragte er.

Er packte sie, halb wütend, halb ängstlich, doch sie hatte die Tür schon aufgestoßen und entzog sich ihm. Sie ging um das Auto herum und sah ihn an.

»Ich glaube nicht...«, fing sie an, doch ihre Worte wurden plötzlich vom Lärm der Hupe übertönt. Seine Hand lag darauf, die Knöchel weiß, sein Oberkörper vornübergebeugt, als sei seine gesamte Kraft erforderlich, um die Hupe gedrückt zu halten. Sie hörte das gräßliche Quäken und sah, wie seine Lippen sich bewegten, etwas sagten. Sie schrie ihn an, er solle die Hand da wegnehmen, und seine Lippen bewegten sich wieder, sagten immer dasselbe, dieselben drei Worte. Da verstand sie die drei Worte, drehte sich von seinem Gesicht weg und lief.

Sie lief zu der Schiefermauer und kletterte darüber, zerkratzte sich die Schienbeine. Sie spürt das Gras unter den Füßen und preßte beide Hände auf ihre Ohren. Die plötzliche Stille kam wie ein Schock, als wäre sie unversehens in Wasser getaucht. Sie ging zwar, aber wie durch eine geistige Landschaft, in der kein Geräusch zu hören war, nur das seltsame Pochen ihrer Trommelfelle. Ihr kam es so vor, als habe sie dieses Feld mit geschlossenen Augen gefunden, nicht als sei sie dorthin gefahren. Sie wußte, daß ihre Füße sie zu dem Baum trugen, aber es schien, als käme der Baum auf sie zu. Mit jedem Schritt wurde die Landschaft steiler, und jeder Schritt brachte die Landschaft näher. Der weiße Baum auf dem Hügel wurde zugänglicher, war jetzt klein, greifbar, vertraut. Sie zählte ihre Schritte, wie es kleine Mädchen tun, bei jedem Schritt verrutschten ihre Hände ein wenig, und es hallte ihr in den Ohren. Dann fiel ihr an dem Baum etwas auf: Er war gar nicht richtig weiß, sondern eher grau. Noch drei Schritte, und er kam näher, samt dem Hügel dahinter, und seine Blüten schienen zu flattern. Doch Blüten flattern nicht, dachte sie, sie sind unbeweglich und rein, sie platzen auf oder schälen sich, aber sie flattern nicht, und mittlerweile lief sie wohl, denn der Baum näherte sich in mehreren großen Sätzen.

Und da war er auch schon, ein nackter kahler Weißdorn, an dessen sämtliche Zweige Unmengen winziger Stoffetzen gebunden waren, Stückchen von Taschentüchern, Hemdschößen, Unterhosen, Unterhemden, die alle vorgaben, Blüten zu sein. Sie dachte an Menschen mit heimlichen Wünschen, die diese Ersatzblüten angebunden hatten. Sie dachte an sich selbst und ihre Hoffnung, daß der Baum blühe, und an diese Leute, die ihn mit ihrer Hoffnung zum Blühen gebracht hatten. Wieder fragte sie sich, was Hoffnung bedeutete, was »unmöglich« bedeutete, doch jetzt blieb für ihre Fragen weniger Raum. Sie sah unten an den Stamm genagelte Heiligenbildchen, konnte aber die darauf geschriebenen Bitten nicht entziffern. Um eine zu lesen, nahm sie die Hände von den Ohren, und schon wurde sie vom Jaulen der Hupe überschwemmt, weit weg, klagend, flehend. Sie riß ein Bild ab, ein Teil davon zerfiel unter ihren Fingern, aber sie las: »Für Brigid, die unsere Bitten erhört hat, August 1949.« Und die Hupe heulte wie unter Schmerzen.

Eine Liebe

Als ich dich wiedersah, fuhren keine Autos in Dublin, wegen der Beerdigung des verstorbenen Präsidenten hatte man die Straßen geräumt. Mir fiel ein, wie du über ihn geredet hattest, und ich dachte, daß unsere Erinnerungen an ihn bestimmt unterschiedlich waren. Er gehörte der Generation deines Vaters an, verkörperte das Beste und das Schlimmste, wie du sagtest. Mir fiel die Bürgerkriegspistole deines Vaters ein, schwarz und sehr real, eine Cowboyknarre. Sie reizte mich als erstes, mich als Jungen, der zwar der Faszination von Pistolen entwachsen war, von einer echten Waffe aber immer noch verführt werden konnte, die einer Lady gehörte, mit echten Kugeln ... Ich zerdepperte zwei Scheiben deines Gewächshauses, und die Kugel blieb in dem Zaun hinter dem Gewächshaus stecken, der so ins Wackeln geriet, daß es aussah, als wolle er jeden Moment ins Meer fallen und mit der Flut bis Bray Head treiben. Dann nahmst du mir die Knarre weg, sagtest, niemand dürfe mit Schußwaffen spielen, egal ob Männer oder Jungen, und schobst die Hand, die die Waffe hielt, in deine Bluse, unter deine Brust. Und ich sah dich an, eine Irin mit offener Bluse, die am hellichten Tag schwarz und elegant aussah, und neben allem anderen verbarg die Bluse eine Pistole. Doch außerdem lächeltest du mich an, und dein Lächeln bedeutete mehr, als wenn ich nur irgendein Jugendlicher gewesen wäre, der einer unmoralischen Frau eine Nachricht seines Vaters überbrachte. So gingst du dann über die Glassplitter fort von mir, und ich ging über die Splitter hinter dir her bis zu der Stelle mit der Aussicht aufs Meer, und du lehrtest mich Liebe.

Und als wir uns wiedersahen, fuhren keine Autos, und in den Schlagzeilen stand etwas über Liebe, Schußwaffen und den Mann, der gestorben war, und ich fragte mich, wie sich deine Erinnerungen an ihn von meinen unterschieden. Es war ein albernes Unterfangen, da sich meine Erinnerungen an ihn auf Fotos beschränkten, und zwar auf eine große Nase, Glubschaugen und eine Brille, aber ich wußte, du hattest dich verändert, und ich wußte, ich hatte mich verändert, und ich wollte nicht mehr daran denken.

Autos fuhren keine, aber in den riesigen Töpfen auf der O'Connell-Brücke waren Blumen, und irgendwo spielte eine Kapelle langsame Musik, und überall auf dem Gehsteig drängten sich Menschen, hauptsächlich Frauen, die nicht vergessen hatten, daß er mal wichtig gewesen war, Frauen, die ihre Handtasche gegen ihren Bauch preßten und auf die Straße glotzten, wo bald der Leichenzug vorbeikommen würde. Ich merkte, daß sie warteten, ihr Leben lang hatten sie gewartet, auf einen Leichenzug, auf einen Ehemann, darauf, daß ein Kind nach Hause kam, Frauen deines Alters, mit deiner Figur, sie hatten abstrakt geliebt, während du konkret geliebt hattest, und zwar ein Kind wie mich. Das ist der Unterschied, sagte ich mir im stillen, aber womöglich lag es nur daran, daß ich dich kannte und sie nicht. Doch das war schon immer der Unterschied gewesen, alle Frauen waren die Mutter von irgendwem, du warst meine Geliebte. Und ich richtete meinen Blick auf die leere Straße, an der sie standen, und fragte mich, ob der Unterschied verblaßt war.

Dann betrat ich das Café, das nach Dublin, Irland, roch, nach der muffigen Weiblichkeit der Frauen, die am Bordstein warteten, daß die Männer vorbeikamen, tot, heroisch, alt und jüngferlich. Ich saß neben dem Tafelglasfenster und betrachtete die glänzende verchromte Espressomaschine, aus der eine Dampfwolke aufstieg. Eine junge Frau in einer blauen Kittelschürze und mit erschöpftem Gesicht brachte meinen Kaffee, und ich hatte zum erstenmal das Gefühl, daß ich irgendwo wieder angenommen war. Ich probierte den Kaffee und schmeckte die Schärfe billigen Koffeins, bemerkte solche Einzelheiten, die Beine des Mädchens, die zu dünn waren, so daß die Nylonstrümpfe Falten schlugen. Ich hörte, wie draußen die Blaskapelle näher kam, lauter wurde wie der verlangsamte Schritt, mit dem Soldaten bei Leichenzügen marschieren. Ich wußte, ich gehörte nicht dazu, jetzt war Militarismus angesagt, er schwoll an wie die Luft in einer Blase unter der Haut, der Militarismus, von dem ich erst kurz zuvor erfahren hatte, aus den Schulbüchern. Dann fiel mir noch etwas über den Mann ein, der gestorben war, er hatte in den Schulbüchern eine wichtige Rolle gespielt, sein kantiges Gesicht, sein Dreißiger-Jahre-Kragen und seine trotzig erhobene Faust, die er gegen irgend etwas da draußen schwang, das jenseits der braunen Fotografie lag und nie erklärt wurde. Und ich fragte mich, ob ich lieber hier dazugehören oder in London, wo die Leidenschaften der Vernunft folgen, nicht dazugehören wollte. Und ich verspürte die Nostalgie des Emigranten, doch irgendwie schien ich immer noch nicht da zu sein, als wäre ich hier, mittendrin, immer noch abwesend, als lebte ich in Erinnerungen, stünde außen vor. Ich schüttelte mich, wurde dieses Gefühl aber nicht los. Irgend etwas war mit mir passiert, seit ich weggezogen war, lange bevor ich wegzog, war schon etwas mit mir passiert, aber es verändert sich ja alles, sagte ich mir, und manches stirbt. Und so sah ich einfach nur aus dem Tafelglasfenster und lauschte der langsamen Blasmusik, die immer lauter wurde.

Dann sah ich jemanden, eine Person, die aussah wie du, die Straße entlang- und auf das Café zukommen, und als diese Person näher kam, sah ich, daß du es warst, unverkennbar du, deine Haare waren zwar ein wenig grauer geworden, hatten aber ihren satten Braunton behalten, dein Gesicht war schmaler und dicker zugleich geworden, schmaler um die Wangenknochen, dicker um Kinn und Hals. Du hattest mich noch nicht gesehen, doch ich konnte mich nicht überwinden aufzustehen, damit du mich sahst, ich wollte dich anschauen, als wärst du ein Foto. Ich dachte an den Brief meines Vaters, den einzigen Brief, in dem stand, du seiest krank, und du sahst auch krank aus, auf die stille Art einer schlimmen Krankheit, Krebs oder dergleichen. Und dann öffnetest du die Glastür, und die Blasmusik schwoll auf Orchesterlautstärke, und die Tür fiel zu, die Musik wurde wieder leiser, und ich konnte immer noch nicht aufstehen. Und du standest über mir.

»Neil!« sagtest du.

»Ja«, sagte ich.

»Tja«, sagtest du.

»Ja«, wiederholte ich.

Und dann setztest du dich neben mich, ich war ein schweigendes Kind, das dünne Mädchen kam, um deine Bestellung aufzunehmen. Wir waren die beiden einzigen Gäste in dem Café, du redetest, ich hörte dir zu, ganz natürlich, schließlich waren es gewöhnliche Dinge. Wir waren verschieden, ich war ein junger Erwachsener, du warst eine alte Erwachsene, beide fingerten wir an Kaffeetassen herum, meine war kalt, deine heiß. Ich versuchte insgeheim, mich zu erinnern, ich war ein irischer Junge mit Pomade im Haar und einer kragenlosen Lederjacke gewesen, du eine alleinstehende Frau, die in der Stadt eine Pension namens Greystones unterhielt, und jetzt waren wir weder noch, ich trug meine Haare ohne Pomade und kurz, in die Stirn gekämmt, auf der ein paar Falten waren, obwohl man mir noch manchmal sagte, ich sähe aus wie sechzehn, du wohntest mittlerweile in einem Haus irgendwo auf der South Side, arbeitetest zur Zeit nicht, wenngleich die Autoschlüssel in deiner Handfläche und die von deinen Handgelenken tot herabhängenden Pelzärmel den Eindruck vermittelten, daß du auf extravagante, planlose Weise begütert warst.

Dann erwähntest du den Toten draußen.

Und irgendwie kam nach und nach alles ins Lot. Mir fiel die schwarze Seidenbluse unter dem Mantel auf, die schlaffe und fleckige Haut, wo dein Hals in die Brust überging. Ich dachte an die Nächte, in denen ich in deinem alten knarrenden Bett mit Meerblick gelegen hatte, unsere Bewegungen so etwas wie ein großes gemeinsames Geheimnis, stille, anstößige Bewegungen, unser Schweigen ein Schutz gegen meinen Vater, der das Zimmer darunter hatte, unser Liebesspiel eine stille Entweihung des Urlaubsortes, der Kirche oben auf dem Hügel, der Paare, denen du so zuverlässig ihr Essen auftischtest, meiner verlegenen Jugend, der Schuldgefühle, die du mir auszutreiben versuchtest, des Landes, des Hauses, der Sache, der du auf dem Umweg über mich eins auswischen wolltest und der über dich eins auszuwischen du mir beibrachtest. Und die ganze Zeit über lag mein Vater unter uns, sehr wahrscheinlich fror er, war wach, und ich wollte, daß er das wilde Tier hörte, das ich mit dir erschuf, er sollte es von oben kratzen und knarren hören, denn dein Körper war wie die Frau, die er geliebt haben mußte, um mich zu zeugen, ich hatte sie auf den braunen verblichenen Fotos mit einem Schlapphut und einem Stock gesehen, in einem Garten, sie sah aus wie du, war aber dicker und hatte eine Menge Kleidungsstücke an, die ausgezogen wurden, zuerst die bunten Kleider und Blusen, dann die weiße Unterwäsche, feucht unter den Achseln, zwischen den Beinen. Und als du dich am Strand entkleidetest und ich dich von der Straße aus beobachtete, zusah, wie jedes Teil als Bündel in den Sand fiel, da hättest du sie sein können, du hättest jedermanns Mutter sein können, aber du warst nackt, hattest einen leichten Hängebauch und darunter ein Dreieck aus Haaren. Doch als du mich sahst, bist du nicht vor meinem verängstigten Glotzen zurückgeschreckt, du hast gelächelt. Mit diesem Lächeln fing es an. Doch in Gang gehalten wurde es von etwas anderem, von meinem mathematischen Vater, der schlaflos auf seinem Bett lag, von deiner Bürgerkriegspistole, von Rosenkränzen, dem vom Regen durchnäßten Politiker mit seiner erhobenen Faust, der geballten. Gegen etwas. Etwas.

Die Blaskapelle schien jetzt viel näher zu sein, ging dem Leichenzug des besagten Politikers voraus, feierliche, dumpf wummernde Blasmusik. Ich beobachtete dich, wie du deinen Kaffee trankst. Die Blasmusik rieselte an dir herab. Ich betrachtete deine schmale Gesichtspartie, du warst nicht geschminkt, deine Augen sahen fast alltäglich aus. Du warst anders und doch dieselbe, ich war anders und doch derselbe, so ist es nun einmal, das wußte ich. Und doch hatte ich mich mit dir verabredet, weil ich mehr haben wollte. Wir sind alle verschiedene Fäden, sagte ich mir, und einmal hatten wir unsere Fäden miteinander zu einer Art Bogen verwoben. Einmal.

»Tja.«

Bei diesem Wort waren wir steckengeblieben. Dann wagte ich es.

»Was wollen wir nun machen, bevor ich wieder zurückfahre?«

»Zurück wohin?«

Und ich weiß nicht, ob du es wirklich wissen wolltest, doch ich erzählte dir alles, von dem Friseurladen in Kensal Rise, von den Frauen, die mir Pfundscheine als Trinkgeld gaben, wenn ich ihre dicklichen Schultern berührte und ihnen sagte, für eine Blautönung seien sie noch zu jung.

»Das machst du also?«

»Ja.«

Und ich erzählte dir von der Cockney-Schwuchtel, mit der ich ein Zimmer teilte und die ich nicht ausstehen konnte, die aber sehr nett sein konnte, wenn...

»Und du bist nicht Schauspieler...?«

Und jawohl, ich erzählte dir von den verschwitzten Revuen, wobei Revuen gleichbedeutend waren mit Bühnensex, ich erzählte dir von den leeren Bühnen, auf denen wir in Unterwäsche probten und wechselseitig unsere Gänsehaut betatschten, Kopulation vortäuschten. Dann brach ich ab, weil du wieder Kaffee trankst, und dein nicht geschminktes Gesicht sah traurig aus wie der Jugendliche, der ich damals gewesen war. Und einen Augenblick lang war ich der Erfahrene, ich umklammerte die Pistole unter meinen Brüsten, zwischen den Falten meiner schwarzen Bluse.

»Wir fahren in die Grafschaft Clare, Lisdoonvarna.«

»Warum dorthin?« fragte ich.

»Ich habe meine besten Jahre hinter mir. Es gibt Orte für Leute, die ihre besten Jahre hinter sich haben.«

Und ich überlegte, ob man »beste Jahre« oder »bestes Alter« sagt. Ich dachte an all die Hotels und Pensionen, in denen ich nie gewesen war. Ich wußte, daß Leute mittleren Alters solche Orte aufsuchten und Männer kennenlernten, Kuren machten, vielleicht heirateten und mit Blick auf den Atlantik Sherry tranken, in Kneipen, die wahrscheinlich jetzt wegen De Valeras Tod geschlossen waren.

»Es ist Herbst, und alle, die jetzt dort sind, haben ihre besten Jahre hinter sich. Ich will sehen, wie die Junggesellen die alten Jungfern umwerben. Ich will in einem Morris Minor am Burren vorbeifahren und mir die ungewöhnlichen Blumen ansehen.«

Dein Tonfall hatte etwas Vorwurfsvolles, als wolltest du mir etwas sagen, etwas, das ich gar nicht hören wollte. Ich dachte, du wolltest dich vielleicht anpassen, dich abstempeln, und ich fragte mich, ob deine Anpassung genauso absurd sein würde wie meine Versuche, mich anzupassen.

Dann redetest du über Glück, ein mörderisches Glück, das dir überallhin folge wie ein Schoßhündchen. Und ich sah dich an, du hattest deine ungeschminkten Lippen aufeinandergepreßt, das Blut war aus ihnen gewichen, und ich erkannte, daß dich deine Suche nach Glück schwer gezeichnet hatte, ich fragte mich, welche Gottheit dich als altes Weib oder Jungfer abstempeln würde, wo du mich doch früher einmal mit diesem Glück bedacht hattest. Dann hörte ich draußen die Kapelle, sehr laut, und die Prozession zog vorbei, und die Kapelle spielte getragen die alten nationalistischen Melodien. Ich hatte das Gefühl, durch das Fenster ein Tier beim Sterben zu beobachten, ein riesiges, mörderisches und widersprüchliches Tier, und ich sah in dein Gesicht, das eigentlich nicht viel älter war als bei unserer letzten Begegnung, und dann sah ich wieder aus dem Fenster auf den Leichenzug des Mannes, an den ich mich nicht erinnerte, des Mannes, an den du dich erinnert hättest. Ich fragte mich, welche Erinnerungen, welche Assoziationen du wohl haben mochtest. Und ich betrachtete deine nackten und sauber gewaschenen Augen, und irgendwie wußte ich es.

Dann gingen wir nach draußen, wo die Blasmusik zu einem ohrenbetäubenden Wummern wurde. Langsam gingen wir durch die Straße, reden konnten wir nicht, die Musik war zu laut. An der Ecke Abbey Street kaufte ich eine Zeitung und sah eine Schlagzeile über den Leichenzug, der neben uns herkroch. Wir kamen an einem Fernsehgeschäft vorbei, wo die Leute auf einen weißen Bildschirm glotzten, auf den Tod glotzten, der hinter ihnen feierlich begangen wurde.

Während ich mich an dich erinnere, definiere ich dich, ich suche mir Teile von dir und male dich aus wie ein Kind ein Malbuch. Die Autoschlüssel baumeln von deinem Finger, dein Zeigefinger und der Daumen wählen einen aus, stecken ihn in das Schloß, und als du ihn umdrehst, spannt sich deine gesamte Hand an. Dein Auto ist ein Morris Minor, wie du gesagt hast. Er ist grau, zerbeult, und der Chrom hat lauter Roststellen. Deine sich drehende Hand ist rötlich, sonnenverbrannt, was ihre zahlreichen Falten nur noch unterstreicht. Man sieht eine Herrenarmbanduhr und den Teil des Mantelärmels, wo der Pelz abgewetzt ist.

Früher habe ich dich mit Begehren ausgemalt, nicht mit Erinnerungen. Für mich warst du ein zum Plakat vergrößertes Bild, ein Standfoto aus einem Film. Ich brachte die jugendliche Verdrossenheit, die ich aus den Hits im Radio gelernt hatte, mit zu dir. Ich aß Pommes, bevor ich zu dir kam, meine Finger stanken nach Essig, mein Atem nach Nikotin. Und du hast mit mir gespielt, du ließest dich von mir ausmalen, du gabst die Ava Gardner zu meinem James Dean. Doch ich war wählerisch, ich ging willkürlich vor, ich nahm, was ich wollte. Deine braunen Haare, deinen verlockenden Mund, deine nackten Füße... auf dem Bettvorleger aus Reisstroh. Ich nahm mir etwas und ließ den Rest liegen, ich wußte nicht, was der Rest war, was Krampfadern waren, Senkfüße oder Dünkelhaftigkeit, Ehrbarkeit, Altjüngferlichkeit. Ich plädiere auf schuldig, aber unwissend, ich wußte nicht, was eine Frau ist.

»Kannst du fahren?«

Ich verneinte. Ich sagte, ich würde ja gern, ich würde mich gern maschinistisch und frei fühlen, aber da mein Vater nie gefahren sei, hätte es mir niemand beigebracht.

»Was meinst du mit ›maschinistisch‹?« fragtest du.

Und ich hatte nicht gewußt, was ich damit meinte, ich brabbelte etwas von dem rollenden Rad, das der weißen Linie folgt. Dann schwiegst du eine Zeitlang, ob aus Taktgefühl oder nicht, weiß ich nicht, und dann...

»Ich bin für Autos nicht geschaffen.«

Ich glaubte dir nicht, du hattest dir diesen Wagen so hergerichtet, daß er zu dir paßte. Du lenktest ihn, als säße er dir wie angegossen, durch die leere Stadt, die sich für den Toten von ihrer besten Seite zeigte. Die Straßen waren sauber, die Häuser ehrerbietig, als würden sie einen Knicks machen, wenn wir vorbeifuhren. Dann wurden sie spärlich und immer spärlicher, und wir fuhren auf einer Schnellstraße nach Westen.

»Ich habe ihn einmal vergöttert.«

Ich wollte dich eigentlich nach deiner Krankheit fragen, brachte die Worte aber nicht über die Lippen. Daher redetest du beim Fahren, Unpersönliches.

»Man brachte mir bei, ihn zu verehren, so wie allen. Ich weiß noch, wie ich auf Veranstaltungen gestanden, die Hand meines Vaters gehalten, eine irische Fahne geschwenkt und ›Dev lebe hoch!‹ gerufen habe. Mein Vater hatte eine Schlägermütze auf und einen Trenchcoat an, so wie damals alle.«

Du starrtest mit zusammengekniffenen Augen auf die Straße, als sähst du dort, woran du dich erinnertest.

»Er hatte das Gesicht eines Schullehrers. Oder vielleicht versuchten alle Lehrer, so auszusehen wie er. Wegen seiner Brille konnte man seine Augen nie deutlich sehen. Sie fiel einem als erstes an ihm auf, gleich nach der Nase.«

Wir fuhren an Monasterevin vorbei. Der Ort beschrieb einen Halbkreis um dein Auto.

»Warst du schon mal im Westen?«

»Nein«, sagte ich.

»Solange du nicht da warst, wirst du das Land nicht begreifen.«

Deine Stimme klang älter, bewußt älter, der Tonfall hörte sich nach Abschiedsrede an, so daß ich an den Abend denken mußte, an dem mein Vater mit dir ausging und mich als seinen fünfzehnjährigen Sohn mitnahm, der alt genug war für die Gesellschaft Erwachsener, mein Vater, Mathedozent und Witwer, bot sich an als Partner für dich, eine alleinstehende Frau, der die Pension gehörte, in der er abstieg. Wir besuchten eine Varietévorstellung in Bray, auf der ein schottischer Komiker irische Witze erzählte, ein Jugendlicher mit Gitarre Lonnie-Donegan-Songs vortrug und zwei Mädchen mit einer Ukulele Lieder von George Formby sangen und zu beiden Seiten des Standmikrophons ihre Beine schwangen. Anschließend aßen wir im Hotel Royal zu Abend, wir aßen Roastbeef und tranken Sherry. Ich goß dir mit der Distanziertheit, die er mir beigebracht hatte, Sherry ein und saß am anderen Tischende, während ihr beide redetet, er lang und breit, du mit vielen bedeutungsschwangeren Pausen. Du sprachst über das Leben, über im öffentlichen Leben stehende Freunde, die du durch deinen Vater kanntest, die mein Vater durch seine Arbeit kannte, er rühmte sich sowohl seiner Zurückhaltung gegenüber der Welt als auch seines reservierten Kontaktes zu ihr. In deinem marineblauen Kleid mit Stola warst du wunderschön und einschüchternd, und obwohl du zu mir sprachst, während du schwiegst, zu mir mit meinen pomadigen Haaren und in dem Anzug, den man mir aufgezwungen hatte, wandtest du dich im Gespräch an ihn, und du verstelltest dich so geschickt, daß ich mich schließlich täuschen ließ und dich danach anschrie und es drei Tage dauerte, bis unser gemeinsames Geheimnis wieder aufgebaut war, bis ich dich, die ich so begehrte, in meinen ungewaschenen Armen hielt, egoistisch und lasterhaft, bis du mir wieder von Liebe und Gottlosigkeit erzählen konntest, von anderen Ländern, wo Frauen mit neununddreißig jung und Jungen mit fünfzehn Männer sind.

»Bist du glücklich?«

»Manchmal«, sagte ich.

»Früher warst du's. Du warst sehr still, sehr fröhlich und sehr grummelig.«

Wir kamen an Portlaoise vorbei, an den mit Stacheldraht gesicherten Türmen des Gefängnisses und der roten Mauer der Nervenheilanstalt.

»Man hat es dir angesehen«, sagtest du. »Daran, wie deine Stupsnase gezuckt hat...«

Und da mußten wir beide lachen, es klang zwar blöde, aber wir lachten, und dein Lachen war wie Glockenläuten, als stündest du wieder lachend in den Glasscherben neben dem Gewächshaus. Ich zog die Nase kraus wie ein Kaninchen, so wie früher, lief vor Verlegenheit rot an, so daß du noch lauter lachtest, so laut, daß du husten und anhalten und dir den Mund wischen mußtest. An dem Taschentuch, das du dazu benutzt hast, klebte Blut.

»Wir haben uns verändert«, sagtest du.

»Ja«, sagte ich. Und dann sahst du mich an und fingst wieder an zu kichern. Als wärst du sehr jung. Zu jung. Du schlangst die Arme um mich und küßtest mein Gesicht, und ich blieb sehr still, spürte dich wieder, roch dich wieder. Deine Lippen öffneten sich auf meiner Wange, und ich hörte ein ganz leises Pfeifen in deinem Atem.

»Stimmt das nicht?«

»Doch«, sagte ich, »wir haben uns verändert«, und ich küßte dich zurück, damit du spürtest, wie. Aber du hieltest mich zurück.

»Versuch nicht, mich zu ändern.«

»Wie könnte ich das?«

»Du könntest es«, sagtest du, »du könntest mich zurückverändern.«

Aber du warst damals glücklich, oder? Du fuhrst nun schneller, rissest übermütig das Steuer herum, um Tauben auszuweichen. Du fragtest mich nach mir und meinem Vater, und ich beantwortete beide Fragen, so gut ich konnte. Ab und zu hustetest du noch, und einmal mußtest du anhalten, dein gesamter Körper spannte sich an, als littest du Schmerzen. Deine Finger umklammerten das Steuer, schienen noch dünner zu werden, und die Knochen auf deinen Handrücken, die wie eine Muschelschale zu den Fingern führten, waren dünn. Doch dann überwandest du es, du fuhrst weiter, erzähltest mir, ich sollte dich gar nicht beachten, du seist einfach am Sterben, das komme in den besten Familien vor, und dann lachtest du wie zuvor, und ich lachte mit. Dann machten wir auf einen Drink an einem Pub halt, und ich trank einen Gin, während du ein großes Starkbier trankst, und der Barkeeper sagte, normalerweise sei es genau umgekehrt.

Als wir weiterfuhren, sahen wir neben einer Zapfsäule ein dickes Mädchen stehen, das mit Augen und Daumen jedem vorbeifahrenden Wagen folgte. Du wolltest anhalten, aber ich ließ dich nicht, ich dachte, sie würde zwischen uns und das Lachen treten. Und so fuhren wir weiter, und ich sah deutlich die Enttäuschung in ihren großen blauen Augen, als sie, begreifend, daß das Auto doch nicht halten würde, mit ihrer Reisetasche hantierte. Und einen Augenblick lang tat sie mir leid, doch dann wieder füllte deine irre, seltsame Fröhlichkeit das Auto und machte dem Mitleid ein Ende.

Sobald wir nach Limerick kamen, wurdest du stiller, und da es fast dunkel war, dachte ich, wir würden anhalten. Doch du sagtest, du fändest es dort schauderhaft, und fuhrst weiter, bis wir an ein Schild kamen, auf dem »Lahinch« stand, und zu einer Straße, die zwischen Dünen und Sommerhäusern verlief. Du hieltest an. Es war stockfinster. Wir standen auf der Straße eines Küstenortes. Am Ende der Straße sah ich einen Strand, dann Meer, ein anderes Meer als das, von dem wir aufgebrochen waren. Aber irgendwie sind alle Meere gleich, dachte ich, und als wir runter an den Strand gingen und zusahen, wie sich das Wasser schmatzend von dem langen Ufer löste, war es genauso wie bei dem, das deine Pension umspülte.

Ich fühlte es alles von neuem, den Küstenort, dicht neben mir, wild, eigensinnig und beinahe alt, die Schilder, auf denen »Bed and Breakfast« stand, die Pensionen. In den Kneipen starrten uns Männer an, Männer, die aussahen wie Wochenendgolfer, aber mich kümmerte das nicht, du trankst dein Guinness, während ich meinen Gin trank, du erzähltest so viel von Glück, daß ich dir sagen mußte, du solltest still sein.

Und dann gingen wir zu einer Pension, und sie war wie deine, die granitene Fassade naß von der Seeluft wie bei deiner, bloß daß uns ein Mann eintrug, uns mit großen ländlichen Händen das Gästebuch hinhielt. Du bezahltest.

Ich stieg hinter dir die Treppe hoch. Dein Atem ging so schwer, daß er mir in den Ohren klang. Und dann waren wir in dem Zimmer, und es war ganz kahl, es gab zwei Betten, ein Handwaschbecken, eine Marienfigur und ein Filmplakat, so verführerisch kahl. Du sagtest, ich sollte mich umdrehen, während du dich auszögest. Offenbar war meiner Miene mein Erstaunen anzusehen, denn ehe ich antworten konnte, drehtest du dich um. Und ich sah dir zu, ich sah deine Kleidung ein Häufchen um deine Füße bilden, ich sah deine sehr mageren Schultern und deine Taille, die jetzt fast fett war, und deinen Hintern, deine Beine. Und deine Haut verriet mir, daß du eindeutig älter warst. Als du dein Nachthemd angezogen hattest, drehtest du dich um.

»Komm schon«, sagtest du.

Ein Wissen brannte in uns beiden, es war wie die Sehnsucht, die vor Jahren schon dort gewesen war, ein Geheimnis wie Blut. Doch es war keine Sehnsucht, es war eine Frage und eine Antwort. Du wußtest, daß du mit jedem Kleidungsstück, das du ablegtest, in ein früheres

Selbst tratest, ein Selbst, das diese Sehnsucht hatte, und an meinem Gesichtsausdruck merktest du, daß ich das auch wußte.

»Komm schon«, sagtest du wieder.

Und ich zog meine Kleider aus und trug die Nacktheit, die ich damals für dich getragen hatte, als ich noch ein Junge war, und ich zog dir dein Nachthemd aus, damit auch du sie tragen konntest.

Ich sah dich nicht an, sondern schlang meine Arme um dich, wir standen da, atmeten beide, unsere Oberkörper berührten einander. Du gingst rückwärts zum Bett.

»Komm schon«, sagtest du.

Und wir lagen auf dem Bett, draußen atmete das Meer wie eine Frau, wir bewegten uns gemeinsam, doch ich dachte nicht an dich, jedenfalls nicht an dich wie du jetzt warst, sondern daran, wie du früher warst, als er das zweite Mal mit dir ausging, und danach war für mich und für dich und vielleicht auch für ihn etwas zu Ende gegangen. Diesmal ging er mit dir in das Hotel Great Northern, mich nahm er mit, wo es Eßtische und eine kleine Fläche gab, auf der man zur Musik einer kleinen Dreimannband tanzen konnte. Und das Essen war wie beim erstenmal, du lachtest mit ihm, und gelegentlich schwiegst du, und ich goß euch beiden Sherry ein, in einem guten Anzug und mit pomadigen Haaren. Und als das Essen beendet war, schaltete man die rötliche Beleuchtung ein, und es wurde getanzt. Die Band spielte Walzer, und ihr beiden bewegtet euch zwischen anderen formlosen Paaren über die Tanzfläche, du warst schön, er war groß und beim

Walzertanzen aus irgendeinem Grund ungemein selbstsicher. Und ich saß da, schaute zu und sah ihn zum erstenmal nicht als meinen Vater, der nächtens Gleichungen auf Papierbögen schrieb und eine Menge über Muscheln und solche Dinge wußte, sondern als einen jungen, beweglichen Mann, den die gleiche Sehnsucht nach dir erfüllte wie mich. Und als ich den Sherry trank, den ihr übriggelassen hattet, fing ich an zu weinen, ich kam mir älter vor als er, wahnsinnig viel älter, was ich von dir wußte, ließ ihn so elegant tanzen, bewirkte diese Wandlung bei ihm. Dann trank ich noch mehr Sherry, sah, wie sich seine um deine Taille gelegten Hände in deinem Rücken fast trafen, und wenn ich auch wußte, daß man das macht, wenn man Walzer tanzt, haßte ich ihn doch, wie ich jemanden meines Alters gehaßt hätte. Später sah ich seine Augen, abwesend und irgendwie erwartungsvoll, so erwartungsvoll, wie er mich nie angesehen hatte, und da ich die Sehnsucht kannte, die sich dahinter verbarg, legte sich mein Haß, und ich war verwirrt, fühlte mich traurig und älter, als ich ertragen konnte. Die Band spielte den Tennessee Waltz, an den ich mich erinnerte, und ich versuchte, deinen Blick aufzufangen, doch du sahst weg, wirktest streng, jungfräulich, löwenartig. Und dann verspürte ich einen gewaltigen Groll, gegen den ich machtlos war, mir zitterten die Hände, und ich wußte, irgend etwas ging jetzt zu Ende. Und als ihr zurückkamt, stieß ich mit der Hand die Flasche zu Boden, damit sie zerbrach und niemand merkte, wieviel ich getrunken hatte, es sollte wie ein Versehen aussehen. Doch sie zersprang mit lautem Knall, und alle starrten mich an, und ihm, meinem Vater, entglitt, was zwischen euch beiden gewesen war, er erbleichte und schrie mich an, und du sahst mich rasch an, und ich kam mir vor wie ein Kind, das in aller Öffentlichkeit gezüchtigt wurde. Und als ich später in deinem Bett lag, empfand ich immer noch diesen gewaltigen Groll und Haß. Du schliefst schon, da hörte ich ihn bis zum Treppenabsatz im ersten Stock heraufkommen und die Toilettentür öffnen. Ich stand auf, und du schliefst weiter, ich nahm die Knarre aus deiner Kommode, ging nach unten und blieb vor der Klotür stehen. Und als ich hörte, wie an der Spülkette gezogen wurde, und wußte, daß er dastand und seinen Hosenschlitz zuknöpfte, hob ich deine Bürgerkriegspistole und schoß rasch viermal in die Tür. Und es knallte viermal und gab vier schnelle Einschläge, und ich sah, daß jeder Schuß im Holz steckenblieb, nur leicht in das Mahagoni eindrang. Und ich lief nach oben, wußte, daß etwas zu Ende war, und ich gab dir die Waffe und verfluchte dich leise, weil es nicht geklappt hatte ...

Und dann endete die Erinnerung, du lagst unter mir, ich war in dem Zimmer in Clare in dir gekommen. Du hattest die Arme um meinen Hals geschlungen, fest, starr, und sagtest die Worte, an die ich mich erinnerte, »Es ist zu Ende«, sagtest du. Und du küßtest mich zart, und ich küßte dich auch, damit du merktest, wie sehr wir uns verändert hatten. Und ich erhob mich leise von deinem Bett, du warst erschöpft, drehtest dich schon um, wolltest schlafen. Ich lag in meinem eigenen Bett und lauschte dem Meer außerhalb von mir, lauschte deinem Atem. Über dir an der Wand hingen eine phosphoreszierende Marienstatue und ein Filmplakat. Auf dem stand in fetten Buchstaben HIER WAR ICH GLÜCKLICH, und man sah eine Frau, die sich in romantischer Pose über eine Spielzeugversion der Stadt beugte, in der wir gerade waren. Dann betrachtete ich dich und sah, wie sich jedesmal, wenn du atmetest, die Daunendecke hob, und ab und zu verspannte sich dein Körper, als ob du von Schmerzen träumtest. Und ich wußte, es war zu Ende, dachte aber immer noch: Vielleicht morgen...

Und am Morgen standest du auf und fuhrst, du fuhrst zu der Stadt, von der du mir bereits erzählt hattest, wohin die Junggesellen und die Jungfern zur Kur kamen. Auf der Straße kamen wir wieder an dem dicken Mädchen vorbei, aber du hieltest nicht an. Und der Ort war wie jeder andere Urlaubsort, nur noch eindeutiger, mit seinem von Hotels umstandenen Platz, den hölzernen Veranden, von denen die Farbe abblätterte, und altmodischen Rohrstühlen, die die Veranden füllten.

Auf dem Platz hielten wir an. Ich fand das seltsam, ein Urlaubsort im Binnenland. Das sagte ich dir, warum kein Meer, doch du entgegnetest: »Es gibt die Schwefelquellen.«

Wir gingen ein Stück die Straße entlang. Ein Mann glotzte hinter uns her. In einem Laden kaufte ich einen Reiseführer. Ich dachte an Wasser und Urlaub, warum beide zusammengehören. Bei jedem Haus erwartete man, einen Strand zu finden, doch es gab keinen. Es schien, als wäre das Meer einmal hier gewesen, hätte sich aber wieder nach Miltown Malbay zurückgezogen und ein Fossil zurückgelassen. Irgendwo schlug eine Haustür zu.

Das sagte uns etwas, du sagtest etwas, sagtest: Das ist es, das bin ich, das ist es immer gewesen, jener Teil von mir, den du nie gesehen hast, nicht sehen wolltest. Und da glaubte ich es, ich wußte, daß du für mich immer mit Hotels, mit Rohrstühlen und altmodischen Sesseln mit Löwenfüßen verbunden warst. Und ich überquerte den Platz, kaufte eine Zeitung und las mehr über den verstorbenen Präsidenten, doch diesmal Kleingedrucktes.

Wir fuhren raus zur Heilquelle, zu einem Gebäude, das aussah wie ein Schweizer Hotel, aber dazu gehörte ein Fluß, der offenbar genau darunter entsprang. Du fragtest mich, ob ich hineingehen wollte, und als ich verneinte, gingst du allein durch die zweiflügelige Glastür. Ich blieb im Auto sitzen und fragte mich, ob man das Wasser trank oder darin badete. Ein Paar kam vorbei, in Kleidung, die für das Wetter garantiert zu warm war. Ich rief ihnen zu: »Trinkt man das Wasser«, rief ich, »oder schwimmt man darin?« Der Mann sah mich an und warf verständnislos die Hände in die Höhe. Ich sah sie durch die Glastür gehen und stellte mir einen sauberen gefliesten Fußboden vor, über den langsam brackiges Wasser floß. Ich stellte mir vor, wie du dich unter zahlreichen älteren Männern und Frauen auszogst und daß ich vom Rand aus zusah, wie du in das Heilwasser eintauchtest, umgeben von Menschen, die die kleineren Gebrechen der mittleren Jahre von sich abwaschen wollten, die diesen Glaubensakt im Wasser vollzogen. Andererseits täuschte ich mich vielleicht, vielleicht saßest du in einer Reihe mit anderen auf einer Holzbank und trankst das brackige Wasser aus der Leitung.

Und ich wußte, es ging sowieso zu Ende, und daß ich um deinetwillen die merkwürdige Sehnsucht vergessen mußte, die in mir aufgestiegen war, als mein Schwanz in meiner engen Hose Haltung annahm, an dem Tag, als du die Pistole zwischen deine Brüste in die Bluse stecktest. Du nanntest es Liebe, das weiß ich noch. Und das war es wohl auch.

Nachwort

von Sean O'Faolain

»Verführung« ist ein äußerst originelles, persönliches, unverwechselbares und interessantes Buch. Was kann man noch von einem Buch verlangen, außer daß es von jemandem geschrieben werden sollte, der mit Worten, Bildern und Gefühlen umgehen kann und bei der Sache ist? Neil Jordan weist alle diese Qualitäten auf. Wenn er seine Talente pflegt und ausbaut – er ist noch jung, war gerade erst fünfundzwanzig, als dieser Kurzgeschichtenband, sein erster, erschien –, wird ein herausragender Schriftsteller aus ihm. Gegenwärtig beschäftigt er sich intensiver mit Fragen des Geistes und des Bewußtseins als mit der sozialen Umwelt, in der sich das geschäftige Leben der meisten von uns abspielt, aber er nimmt auch regen Anteil an allen anderen Dingen, an den Menschen, der Umwelt und den Einflüssen, die ihn als Jugendlichen bewegt haben ... Und genauso würde man auch die Beziehung beschreiben, die Joyce in »Ein Porträt des Künstlers als junger Mann« zu seiner Welt hatte. Ein weiterer Grund für unser Interesse an Neil Jordan ist, daß er zwar in seinen Schauplätzen aufgeht, aber keineswegs engstirnig oder regionalistisch ist, auch das hat er mit Joyce gemeinsam. Ja, überraschender- und erfreulicherweise ist der Held der längsten Geschichte dieser Storysammlung

(»Night in Tunisia«) amerikanischer Jazz, das objektive Korrelat seines Themas ist ein Altsaxophon, und ihre herrschende Gottheit ist der alte Charlie (Bird) Parker. In harmonischem Wechselspiel mit der Stimmung dieser Musik konzentriert sich Jordan auf das sexuelle Erwachen eines sehr realen Jungen durch seine Beziehung zu einem sehr realen Mädchen, das genauso lebenshungrig ist wie er. Und ferner auch auf die Beziehung des Jungen zu seinem wachsamen Vater, einem der letzten Blechbläser von altem Schrot und Korn. Im Lauf dieser Erzählung macht die Musik den Jugendlichen mit dem Leben, der Liebe, seinem eigenen Ich vertraut. Diese Metapher ist in der irischen Literatur neu und befreiend. Es ist eine ganz persönliche Sprache. Vergebens sucht man darin nach der abgegriffenen, mittlerweile ziemlich langweiligen alten Sprache und dem Symbolismus des ländlichen Irlands mit seinen weißgekalkten Bauernkaten, seinen nassen, kurvenreichen Straßen, seinen die Kühe heimwärts treibenden Mädchen, seinen alten Priestern, der kleinen Landkapelle, den patriotischen Gesängen und Klagen im Dorfpub. Die Metaphern dieses jungen Mannes sind Songs wie *The Crying Game*, *Tennessee Waltz* oder *Night in Tunisia*, ein Junge, der in einem Tanzsaal in die Tasten des alten Klaviers greift, während das Sax in hohen Tönen klagt – und draußen, hinter der Wellblechhütte, in der er mit seinem Vater wohnt, abgeschlossen und allein, sind die Dämmerung, die Wellen am Strand, die Nacht, das Mädchen, die Welt, die Zukunft.